枉入紅塵若許年

亦舒

目錄

太少太遲

同友人說：少年時那樣喜歡E型跑車，今日積架出產F型，樣子看上去還不差。

她答：誰還高興服侍英製車子，再說，外形差得遠，大不如從前。

換句話說，此刻無論給什麼，都嫌太少、太遲，算了，不但不會苦苦追求什麼，連舉案齊眉，免費奉獻，都不感興趣。

以前，真會拿一條右臂去換，或是減壽三年，或是掟阿媽落火車，今日，一味是是是，你說了是，豈有豪情似舊時，花開花落兩由之。

有就有，沒有就沒有，人與事都會貶值變形，用今時雪亮雙目一看，往往大吃一驚，什麼?!

說到跑車，少女都希望有漂亮男生開着鮮紅色小跑車接送，散心，可能是MGB，那當然也過時了，現在滿大學城是鷗翼飛碟型強力跑車，動輒碰撞。

年輕時間花在兩份三份工作上，少看許多名著，在書店某部份忽然看到「速讀戰爭與和平」之類，把數十萬字濃縮成為兩萬字，又不覺太少太遲，笑得嘴巴歪，連忙購置，覺得大綱精彩，再買原裝版本。

要穿什麼要吃什麼

一日，友人忽然看我一眼，「要穿什麼，要吃什麼，不要省了。」友儕中，我算節省，僅致力清潔整齊，也可能不想浪費，大吃大喝，濫用名牌，年年裝修，每季探險，實在不是那杯茶。尤其不喜各類擺設像水晶畫作之類。首飾，止於手錶珠鏈及一枚婚戒。

住北美，往往等GAP七折後再六折之際才適量囤積，熟客皆知，這家店便服年年款式差不多，為何要原價購買。

真的，喜歡吃什麼穿什麼放肆一下也是時候了，可是，要吃家母煮的黃魚參羹已無可能，上學穿Hippie長裙裾染着泥漿也已過去。

買回半打新鮮出爐蛋撻一口氣吃光也是享受，叫家人大吃一驚：「喂不要過份」，喜愛香檳那是絕對改不過來，有時做夢看到一桌熟人一枱好菜奈何無人動筷，想踴躍向前之際好夢已醒。

唯一奢侈是從未動手剪草，一向由園工代勞。

故對友人說：「去，你們置飛機大炮潛艇航空母艦，還有，海灣小島才千萬一枚，大家一起開心……」

廣告

帶着《明周》廣告去購物，指着圖片問店員：「可有這個，與這個」，店員仔細看過，即時說：「潔蘭孚總店有，我們可以替顧客傳來」，拿着《明周》進去問店長。

一會店長出來招呼，這樣說：「這份雜誌，由香港出版？」「是」，「尺寸這樣大，刊出廣告真美觀」，「可不是，從前，還要大一點，你們也有W雜誌呀」，「只有W」。

真沒想到，與店長談起雜誌開度，比較一番，大頁廣告，氣勢不一樣。

《明報周刊》前身是星期天附報贈閱的彩頁，尺寸是報紙對摺，一直沿用至今。

近月美國《時尚》雜誌常見拉頁，就是商家嫌篇幅小，拉頁等於雙倍面積，一早，《時尚》單頁廣告費已是百萬美元，一層公寓價格。

刊登最多是化妝品，可見成本裏，廣告費用佔大部份。

一幅圖片等於五百字，購物，往往出示樣版，方便自己，更方便店員。

店員笑，「以為你不諳英語。」

可見出示美觀廣告者眾。

真人

「真人比照片更好看」，「原來真人個子那麼小」，「再也沒有比她更秀美的女子了」，「太瘦一點」，「大眼睛像洋娃娃似」……

名人的真相，往往叫普通人議論。

名人像不是真人，不過是一個名字與一個形象，驟然見到真人，先是驚喜，後是驚訝，「咦，也會鬧情緒」，「走路不好看」，「妝甚濃」，當然，他們也是人，回家還吃飯睡覺呢。

一次倪匡醉酒，當街挑釁年輕人，拳打腳踢，那幾個小青年忍痛嚷嚷：「好了，倪先生，你以為你真是衛斯理！」

看，讀者多清醒，名人們也應當學習。

女兒小時問：「你是否著名？」答：「All most famous」，所以相當自在，來去自若。

人是否成為名人，作品是否成為名作，也不是個人或宣傳可以控制，外邊有一群天威莫測的觀眾或讀者，他們掌握大權。

老話一句，還是做好本份再講，免得他們說：「好像有點寒酸」，「太刻意了」，「三十年沒有新作」，「照片都由電腦修整過」。

怎麼會

與老伴閒話：「黃蓉怎麼喜歡郭靖！」

他卻說：「郭靖怎會娶黃蓉。」

兩個都不是可愛的人。

黃蓉最討厭是有楊修病，把弄小聰明，這倒還罷了，又損人不利己。最不能原諒的是對楊過的態度，她恨惡楊過，全不顧忌身為長輩，處處排擠，最後到小龍女跟前下毒：「你是他姑姑，又是他師父，怎可結褵，與禮數不合，害他終身」，這未婚前是眾人口中的小妖女，婚後變道德塔利班的女子終於趕絕楊過。

這兩名角色有最鮮明的平面性格，笨的蠢得不能置信，刁鑽的又壞得不可思議，作者寫到《鹿鼎記》方創造有血有肉立體的韋小寶。

金著中男女主角，行走江湖，淒苦不堪，卻有一個特點，他們從不抱怨出身，像本市五六十年代居民一樣，奮進戰勝環境，連悲哀的楊康也沒吭過半句聲，雖然作出最錯誤的選擇。

故事裏有開心的人否，有呀，瀟灑開懷的令狐沖，明白是非的任盈盈，都值得學習。

社會上每種人，都可以在金著裏找到，簡直是社會學。

有什麼關係！

倪匡八十歲，為傳記作序，對於謠言，他這樣說：「此生絕不驚天動地，更無曲折離奇，但不知怎地，還是有些事纏擾着傳來傳去，傳久了，也必定越來越怪，甚至於匪夷所思，對此，一向不否認澄清解釋申辯，無非不過是茶餘飯後閒話中的一兩句，有什麼關係！」

說得真好是不是。

這道理人人都懂，可是做起來還真難，許多身份矜貴名人對本來大可置諸不理的評語燥動肝火，反唇相稽，結果為人所乘，贏了比輸了

還慘。

倪匡又有名句云：「不關我事的不關我事，關我事的亦不關我事。」

反正每天做該做的事，目光看前邊，不卑不亢，既不垂頭喪氣，亦不趾高氣揚，一直向前走。

倪匡處世之圓熟，值得學習，像其中一條忠告，永誌不忘：「向老闆要求加稿費之際，心中要有停寫意願，不是加薪」，多麼淒厲。

他身邊一直跟着大隊人，領會到上述精神者，卻寥寥可數。

奔雷手

金庸小說《書劍恩仇錄》中有一個角色名叫奔雷手文泰來，比這更好聽的綽號與名字是沒有的了。

俗語云：迅雷不及掩耳，快捷還不夠，忽然出現奔雷二字，「奔」由動詞轉變為形容詞用，一路上朝人飛奔不止的雷電，嘩，那還不驚天動地，從這個稱呼，可以知道文泰來出手是何等雷霆萬鈞，震嚇敵人。

可是倪匡指出：文泰來在「書劍」中並無出過一招半式，他在故事開頭便身受重傷，直至千絲萬縷動人心魄的故事結束，他還是一個病人，十分淒惋，讀者一直心焦希望他好轉，救紅花會於水火，但終究失望。

年輕之際，有機會與倪匡談論金庸在報上連載小説劇情，一次，説到《鹿鼎記》裏神秘美女，「一定是陳圓圓」，「不會吧」，打電話問金庸」，電話接通，金庸問是誰告訴衣莎貝，「她自家猜想」，「正是陳圓圓」，嘿！

這樣快樂時光也會過去，真是意難平。

這兩位，乃是讀者以億計的寫作人，聽伊們一言半語，得益匪淺，銘記至今。

一代歌姬

《明周》標題：「一代歌姬人氣急跌，濱崎步落選紅白」，紅白歌唱大賽宣佈歌手入選名單，連續十五年登場的濱崎步竟然榜上無名。

三十六歲的她新唱片滯銷，人氣急跌，不獲邀請出場。

殘酷！

就那樣，像一個薔薇色氣泡，噗地一聲，消失無蹤。

日文叫人氣也真有點意思：無人擁護，名氣自然消失，可怕的群眾。

連續十五年大受歡迎的歌手，忽遭冷落，心中是何滋味，怎樣震驚，可想而知，十五年可說是歌姬的前半生，從小到大，她被捧到雲端，根本不知失意為何物，也從來沒想過會有一日自高處摔下，大抵想像有一日，唱累了，才從容告退，沒想到那一巴掌來得那麼快，摑下台來。

跑江湖者一定要自備梯子一把，一見風聲不對，便借那梯子落台。莫待觀眾散光，舞台燈熄，還奇奇怪怪在台上過戲癮。

即使擺檔賣花生，也要鄭重紮定馬步作出心理準備應付大權在握變幻莫測的群眾。

魚上樹

愛恩斯坦說：「每個人都是天才，可是，如果你以一條魚爬樹的能力來判斷牠，牠終生會相信牠愚魯不堪。」

愛氏意思是，各適其適，千萬不要勉強，天生我才，必有所用。

有人是交際專家，無論何種應酬場所，生張熟李，立即可以談笑風生，把客人情緒帶入亢奮狀態，都會最繁華之際，若干大公司專聘此類人才主持飯局，使得賓主盡歡。

又有人爛頭蟀性格，喜越級挑戰，無時不刻都摩拳擦掌，一碗陽春麵代價便扮荊軻，替東家出氣：你的敵人即我的死仇，誓把對方拉下馬來，東家笑得眉開眼笑。

一日見娛樂版標題「最好不說話」，有頓悟，立即放大剪存，視作座右銘。

不擅說話的人，也不致慘到要魚上樹，少說幾句，多寫一些，也就是了。

都還是小事，最要緊的是，子弟不喜升學，可以做別的，就別逼得他跳樓了，美副總統拜登說：「為何一定升大學，做鉛管匠有何不可。」

雲捲雲舒

一日坐車中，向外望去，天際滿滿綿羊雲，一團團，胖胖飽滿，觸手可及，完全似兒童圖畫書中典型雲的樣子，可愛到極點。

目不轉睛看得心花怒放，白雲一群群聚在一塊，襯着澄藍天空，真叫人心生感激，吾生有涯，真要把握良辰美景，看雲捲雲舒，雲起雲飛。

堆積雲即雨雲，雲內全是水份，重量好比數十頭大象，一遇冷流，即時撒雨，這種雲底部平整，灰色，鑲金邊，一副不是開玩笑的樣子，叫人敬畏。

最高有片狀雲，在大氣層頂部，這表示大晴天，下雨機會不大，可往遠足。

雲海更是奇景，熱空氣想上升，被高層冷空氣壓住，凝成密密雲層緩緩滾動，看不到山下光景，只見山峰。

孩子們最大樂趣是躺草地數白雲，這隻像狗，那塊似兔，可惜在都會不易做到。

孩子們亦不覺損失，全部低頭玩電子遊戲，少年則打電郵，甚少抬頭。

退一步想真好，free at last。

單純

導演小陳在影展記者會中說：「趙薇是一個十分單純率直的人。」觀眾即時微笑，單純的恐怕是陳導演本人吧，這上下還如此讚美陸女，不可思議。不過，喜歡一個人，總覺得他蠢，怕他吃虧，而明敏女演員往往懂得見機行事，視人而定，在適當時候打開天窗說亮話，反而得益良多，這裏邊不知多少轉折機關。

下次，希望陳導別說范冰冰與李冰冰也相當天真，十四億人口的江湖，一將成功，不知多少人粉身碎骨，人家已自置私人飛機葡萄園華廈，年紀不大，如此本領，叫人佩服。

眾多同類型臉龐五官，要觀眾認出名字，並不容易。湯唯有一張苦情臉；孫儷古裝時裝都好看；一個叫宋菲菲的模特兒，丹鳳眼，棕色皮膚；還有杜鵑，也是模特兒，纖細幽靈。都是突出人物。

她們最聰明之處是一旦站住腳，立即結婚生子，可是絕不退休，把握時機，繼續經濟獨立。

Thera peu tic

散步，做瑜伽，逛街購物，喝茶閒聊，讀一門功課，全是心靈治療術，把一味喜鑽牛角尖的都會人拉出困境，轉移目標，鬆弛緊繃神經。

最近發現，寫一段稿，更具鎮靜作用。

情緒這件事，很難解釋，洋人說：在床錯的一邊落地，彷彿什麼都不對版，鳥不語花不香人已老，頹喪得不得了，連茶都懶斟，眼看寶貴一日就此報銷。

且慢，寫一段《明周》吧，有可能的題目已記錄在小冊子上，查一查，挑一個；寫T恤牛仔褲、倦勤齋，抑或各字到處飛？

這時，懊惱、一時未能解決的事已擱在一旁，腦筋漸漸轉彎，噫，字典放到何處，開始書寫，緩緩呼吸，心境平和。

又因深明專欄並非吐苦水、怨天尤人、滾釘板、告御狀之處，涉及個人宣傳（當然）也得略為含蓄，不可寫日記，從某月某日某時開始報告刷牙洗臉……總得動動腦筋。

我等專欄作者實在非常幸運，要緊緊掌握機會。

幼兒

一早，在藥房購物，人比較少，享受自由選購，忽爾聽到清脆銀鈴般笑聲不停，分明是幼兒衷心快活反應，於是追蹤那可愛哈哈聲。

世上還有什麼值得如此放懷大笑，非得看個仔細不可，終於跟到藥劑師櫃位，看到兩個一模一樣歲餘男孩，正把架子醫藥單張一頁頁抽出，摔到地上，弄得一團糟，他們的年輕母親拾起放好，他們又扔到一天一地。

兩人一起搗蛋，一邊樂不可支大笑。

終於，那母親拿到處方，一聲不響，一手拎一個，把頑童雙腳離地那樣揪走。

不識相旁人還要在身後問：「是孿生子嗎？」

那母親頭也不回，悻悻回答：「Indeed they are！」已經氣炸。

只有旁人才覺得他們趣怪、可愛、活潑、聰明，女友說：光是帶孩子打各種防疫針、報名讀書、往返學校……頭一抬，已經十多歲。

永遠憂心忡忡，簡直減壽。

有限溫存，無限辛酸。

演得這樣好！

開頭以為，演得像《斷背山》那樣，已經是頂峰，男角真實生活中女友眾多，不知如何，竟把那股鍾情癡念，演繹得叫觀眾潸然淚下。

直至看到《達拉斯買客會所》，才知道前者還是有點做作，名不見經傳，早已投身音樂界的謝勒利圖，在戲中病入膏肓，瘦成枯骨，赤裸上身，一臉濃妝，手執鮮紅褻衣，對鏡往骨上比試，喃喃說：「我多麼美麗！」觀眾毛骨悚然。結果掄元，取最佳男配角金像獎。

真的謝勒，高大英俊，濃眉，大圓眼，長金髮披肩，是女人湯糰，笑說：以後不會破格演戲。

怎麼會演繹得如此動人？

又再看《平常之心》，更嘆為觀止，一班英俊小生之中，只有漂亮之極的麥龐馬具真實生活體驗，平時演技平平的馬克魯弗斯，是次表演出神入化，不知何來靈感。

也許是真正有話要說，有感而發，要站出來，仗義執言。

一般醜化定型：娘娘腔、古怪裝扮、誇張手勢，都有欠正確，華裔，難道都是傅滿洲嗎。

劇中固執的父親說：「這是你的選擇」，「不，」兒子答：「這不是選擇。」

成績呢

小朋友說：「今學期我用球形書包上學」，大人答是是；小朋友又說：「所有功課，用電腦打出，清晰、快速，走時代尖端」，大人答是是；小朋友興奮莫名，揮着拳頭說：「男女同學均穿七彩校服，每日不同顏色，一共五套，一看就知道是星期幾」，大人也說好，予以各方面支持。

這樣大膽創造，破舊立新，值得嘉許。

擾擾攘攘，一個學期過去，成績表取回家，一看，科科C，分數同從前一模一樣，並無升級，依然故我，如此勞師動眾，不惜工本，破舊而不能立新，效果等於零。

穿什麼校服上學與成績沒有關係，乾淨卡其褲白襯衫已可，制度改革，為求成績進步，何不好好替學生解課、溫習、準備，增加內涵才是正經。

許多茶樓，動輒結業，換一個店名再來，不久又關門，又有一些食肆，沒有門面，可是客似雲來，一等整個小時。

正是，唱跳宣傳的是一批人，實事實幹的又是另外一些人。

以後好見面

每隔一段時候，便有人言之鑿鑿：某年某月某日，便是地球末日，語氣興奮、肯定、警戒，大有叫你們好看，快天收了，統共忘記他也是地球人。

大多數人繁忙若干生活瑣事，不予理會，也不見恐慌，靜靜等那天來臨。

某年某月某日終於來到，太陽照樣升起，地球依舊轉，公路車擠滿上班找生活市民。

奇是奇在大家也沒有時間把預言家揪出頂證：喂，你胡言亂語目的為何。

把話說得那樣滿，毫無轉圜餘地，分明不是聰明人，不好計較。

前些日子，江湖傳言，專家口吻：不上一年，所有報紙、書籍、雜誌，大凡與紙張有關文告，將統統被取銷，因為電子刊物崛起，紙張無用武之地云云，報館與書店幾乎要等着關門。

前日又在新聞得知，有時裝設計師揚言，丹寧布牛仔褲會銷聲匿跡，嗄，那全球年輕人穿什麼，有無可能。

喂，凡事留一線，以後好見面。

乖狗

最乖的狗是警犬，沒有機會領養，通常待牠們退休，歸牠的警官，帶回家，家人一樣。

其餘領養的小狗，遇到什麼是什麼，有個主人說：「我的狗，只在家裏吃喝睡，叫牠都不應，有陌生人，連忙躲起來」，各按緣法。

幸運的主人會遇到親切懂事的狗，懂得眼神交流，聽話，必要時護主，又會玩，跑步游泳捉飛碟追球樣樣皆精。

女友喜歡狗而不養，她說：「你看我兩個孩子多麼頑劣，命運如此，養的狗也必定忤逆」，不知有何根據。

溫市大多數居民愛動物，擁有多座動物庇護所，救回小海豹，醫活了又放回海洋，記者拍攝得海豹離去時抬頭用鰭拍動護理人員腳部，如依依不捨。「我走啦，謝謝你。」

有一家人出海遊玩，看到巨大殺人鯨被拖網困住，他們不顧危險駛近，花兩小時把網繩割斷，鯨魚得以釋放，游到不遠處，躍起七次，似是道謝，有錄影為證。

動物與小孩一樣，一懂事，叫人惻然。

失敗的故事

魯迅的小說《傷逝》，叫讀者潸然淚下。故事敘說涓生與子君兩個大學生爭取自由，私奔，吃足苦頭，三餐不繼，最後涓生連卑微的抄寫工作也失去。他嫌子君，漸漸變得小器嚕囌，在大雜院內與別人的姨太太爭吵，天天就是盤算着吃什麼，與先前那清秀追求理想的女大學生有天淵之別。終於，兩人無以為生，子君返回娘家，不久，辭世，是自殺抑或病歿，涓生一無所知。

當年社會眼中一個異想天開、大膽妄為、不守婦道的女子而已，魯迅的傷逝，並非指這個年輕軟弱的生命。

但故事叫人念念不忘，終於一日，提起筆來，另外寫了結局。

子君離開之後，發奮圖強，檢討自身：這雙手雖然小，但屬於我，不是你。她找到工作，自底層做起，在好友幫忙下，終於找到生活，再世為人。她快樂嗎，那又是另外一個問題了，可是，正如流蘇女士笑吟吟說：「你們以為我完了嗎，還早着呢。」

毫無目的的犧牲是最大失敗，一直希望羅密歐與茱麗葉私奔到倫敦創辦環球劇場，為着賺觀眾熱淚，才裝作雙雙殉情。

都這樣了

聰明伶俐的女演員趙薇有句口頭禪：「都這樣了……」她是指，相貌已大不如前，必須刻苦練習演技，切莫鬆懈。當然，要相當明敏的人才懂得適量自我揶揄，知彼知己，百戰百勝。

做觀眾最高貴：看着誰誰誰沒有自知之明，都這樣了，還振振有辭；都這樣了，還招搖亮相；都這樣了，還忙不迭扮聰明，撲上過界發表真知灼見，結果真相逐漸披露，一鼻子灰。

已經這樣了——必定前些時候頗吃過一些虧，但沒有學乖，且變本加厲：上次看錯，不一定表示今次也不準，像賭徒一般，把錯誤眼光押上，損了人，不利己。

不是不需要負責任的啊，社會人人盈虧自負，都這樣了，須知進退。

成功人士的秘訣深藏不露，鮮為人知，只說多學與勤工不着邊際的勵志語，但失敗人士關鍵卻輕易可見。

都這樣了，仍未收手。

電話響

自從聽過靖弟「姆媽息勞歸主了」那通電話後，所有電話鈴聲變得可怕淒厲、異常令人不安心悸，像一些幼兒，看到大人舉起藤條那樣，害怕顫抖。

迄今恐懼稍減，漸趨厭惡，一併連友人的電話也無好感。

警方不停苦口婆心勸喻駕駛者不要分心講電話，可是沿途看去，仍有違法者，滿面笑容，講個不停。

餐廳鄰座三個少年，各由各發短訊，父母只是結賬動物，那麼多話，都留着與外人說：「我的朋友如何如何。」當然，過那麼十年八載，他們會發覺，誰也不是誰的朋友。

一個壞消息對於心理有如此巨大影響，叫人更加相信弗洛依德全套理論，從此不大用電話。

一日，在服裝店與售貨員說話，電話鈴響，她想要聽，忍不住說：「我站在你面前。」多麼沒有禮貌，像那種失態主人，仰頭等那個遲到客人，置在座好幾名準時客人不理。

圖書館內最舒服，那處沒有人用電話。商場至熱鬧，有時三四部電話不同鈴聲一齊響起，真有那麼多話說，最新型電話可會傳來真話？

峨嵋山！

閱報，得知查先生往峨嵋山旅遊，跑得那麼遠，由此可知，不但有健康，而且有雅興，真是高興。

又得知小老蔡往阿根廷觀瀑布！往南美乘長途飛機要足兩日，車輛並不直接到達景點，有時需步行好幾小時，如此好身體。

還有玲玲，到阿根廷學習正宗探戈，你說，可值得佩服，做人就該這樣，活着就是活着。

吳小姐與張小姐更加一年起碼赴英倫三五次，第二個家一樣。

自她專欄讀到，阿施好似全年在香港、溫埠、馬尼拉、台北四個城市兜轉，各地都有親友，停不下來，四處吃喜酒。

終身怕倦，覺得最舒服是睡午覺、看漫格，電視上旅遊節目出現歐陸風光，是，也曾去過，曬出一臉雀斑。

上次出門，是往迪士尼樂園，一個星期後回來，又黑又瘦，小女還要大聲唱：「Home, home, we're finally home」，還有什麼遊興。

因沒有肯定目的地，一直遲疑，或許，乘橫加太平洋鐵路沿途觀光。

賊

新聞報道：一個青年人，深夜入店偷竊，先把所有電線剪斷，撬出警報系統，摔爛監控電視，爬行進內，總共花了五個小時，累得躺下喘氣，結果，只在零售機器內找到十五元硬幣，破壞卻需數千元修復。

而且，所有過程，終於還是被紅外線攝影機拍下。

記者這時忍不住衝口而出：「先生，有手有腳，你為什麼不找一份工作?!」

真是金石良言。

為什麼不找一份工作。

世上各行各業，不知多少工種，總有一份會適合閣下，最近，有若干中年（！）女白領轉行做藍領，到加國極北之地任運油大貨車司機，當中艱苦，不可言喻，但，那是一份正經職業，薪優，好福利，做三年可以光榮退休。

報載啃老族日增，有的甚至是四十餘近五十中年漢，阿叔，過去那廿多三十年，閣下做些什麼，為何沒有生計。

溫埠警方特別注意elder abuse，虐老，勸長者坦白説出苦況，尋求保護，抵抗勒榨及精神肉體虐待。

對不起

英人與加人禮貌，在公眾場所不慎碰到人，即時出聲道歉「對不起，對不起」，像是犯了什麼大錯，一臉愧疚。

一次，華人超市兩母子迷頭迷腦研看東方食品，不料碰到華人，不但道歉，並且齊齊鞠躬。

當然有例外，最不喜說「對不起我不接受訪問」，又沒有打罵任何人，為什麼要道歉。

出版社一位編輯曾懇請作者寫便條致歉，他有他看法，老式人，不想得罪行家：訪問，即係宣傳，且免費，有利呢，何樂而不為，說幾句話，又不痛，如此不近人情，理應道歉。

長期寫作的，還有什麼話沒有說盡，沒有最好一面，連最壞一面也無，訪問中所說，不外是假的真話，或是真的假話，何等虛偽。

可是，最近走勢，連——與——一向隱形的寫作人，也接受訪問並且願意拍照，可見時勢確有點艱險了。

「——講幾句。」

不，不講，螳臂擋車，後果自負。

孤身上路

日本最近發現，許多年輕時風流瀟灑的獨身貴族，此刻年老，獨自躺病榻，孤身上路，甚為淒涼。

世上充滿羅曼蒂克生性敏感的人，這有什麼可悲，人類命運如此：一個人來，一個人去，難道還有人陪乎，自家讀書考試，自家工作升職，或成家立室，或情願獨身，一切都是一個人，苦樂自知。

友人說要做一個成功的家長／子女／伴侶，必須記住有福共享，有難獨當。

另一個友人做大手術，送入燈光燦爛手術室接受麻醉，這才知道什麼叫做一個人，根本就是。

少年留學，站在英國寄宿學校網球場，也忽然醒覺要快些長大，開始一個人生活。

古時帝王找人陪葬殉葬，或密密麻麻做兵馬俑，到頭也是一個人。

三代親人圍着哭哭啼啼，當事人可能一聲聽不到，那樣吵鬧，有失尊嚴，東方人窮愛熱鬧，才會認為孤身上路悲涼。

到了年紀，每人身上配一個警鈴，有事，按響，急救護理即時趕至，實事求是，有何淒涼。

艷羨

美歌姬Taylor Swift年輕，才廿多歲，漂亮，金髮藍眼高挑，富有，去年收入四億美元，勇敢，要聽歌，請付錢，不能在互聯網免費。

不過，她最令人艷羨的，是公開眾多英俊男友，不停連環約會，緋聞不斷，甚遭非議，但次次勇往直前。

她懂得自嘲，最近有曲詞均自創一首歌，聽者忍俊不住，大約如下：「如果你問我前任男友，我是怎麼樣的人，他們一定説我是魔女，那並不正確，當然，出來走，我遇見的都是玩家，我也傷成一塊塊」，錄影帶上的她哭成一團，把漂亮男友白色跑車用大鎚敲得支離破碎。

可是一轉眼，另一個英軒男子又上門來，這次，他駕駛紅色跑車，而她，恢復原狀，色如春曉地說：「不要相信那些人……」

還有一首：「那些恨的人一直會恨恨恨，那些偽者一定假假假，shake it off, shake it off，不必理，不必理」，連嬸嬸都要向她學習。

世上真有天才兒童這回事。

讚美

最佳讚美：年前某期《壹週刊》訪問IT雜誌創辦者，那年輕人這樣說：「電腦科技雜誌上一期已經過時，不比《玫瑰的故事》，多年來一樣可以擺着賣。」

嘩，愧不敢當，而且並不認識該位仁兄，更加感動之極。

又一次，為小事離開《明報》副刊，一年後，又為小事回轉《明報》副刊，整整十二個月，老總董生找不到適合替工，他如此說：「真想不到寫這種東西也這樣艱難。」

笑得我流淚，董生，見人挑擔不喫力啊，也收錄下來當作褒獎。

任何工作，包括長期寫作，不可憧憬時時有人讚揚，若感孤苦，應當克服，你做這件事是因為你喜歡做，不要作汗流浹背氣喘如牛千辛萬苦狀，那全不計分，反而惹人憎厭，切不可把做得眼反白，人抽筋種種醜態申訴博同情取分數。

還有，銀河系最響、宇宙最強這種，不屬讚美。

為老之道

即如何做長者，女友看到這個周刊題目，立刻說：「我懂我懂」，大家笑出聲，還不明白，那也太過愚昧了，統共一句話：全歸我。

她有兩個漂亮女兒，小中大學成績優異，鋼琴提琴均學到演奏級，三語嫻熟，衣着大方，結婚，照西式規矩，女家包辦，婚後每人送嫁妝首飾，包括房與車，女兒不必問夫家要這要那，到底矜貴得多。

可是家庭日吃茶，仍然老媽結賬，老大不請老二，老二亦不願打開手袋，多團結，長輩只好說：「列席就好。」

這就是如何做長者，否則，不是尊輩。

還有，不要問小輩要時間，老人希望小輩在身邊陪着，聽絮絮嚕囌話當年，嘿，這樣都做不到，閣下一定沒有子女，否則不會如此推測。

少年對母親説：「你同我説話，不要口氣對我如孩子，要像待你的朋友。」那母親納罕，「可是我的朋友沒有問我拿三千元月例呀。」

大家瞪她一眼，你也太幽默了，會遭到報應，寧波人有句老話：若要好，老做小。

尋根

美電視有尋根節目，找名人參與，把他們祖先找出來，看是什麼樣的人，把何種因子遺傳給後代。

他們的紀錄完整可靠，叫人嘆為觀止，全部真實手寫檔案，即使在戰時，也可追溯，不過，非裔就比較困難，上三代之後，已無處可查，白人全部是移民，要找到歐陸，才知祖宗何人。

靖弟年前也請人做過族譜，只找到最上一位祖先，生在太平天國，那也很了不起，祖輩要經過兩次大戰，軍閥內戰打鬼子……才到今日，多少變遷離亂，都默默克服。

身邊並無任何上一代遺物，友人說：「我有祖父的人頭稅證書」，那算是幸運。

可是查到上七代祖先富貴之極又如何，一個人還不是要自身努力爭氣。

所以參與的名人多數唯唯諾諾，「多麼神奇，曾是林肯的秘書」，「嘩，他打南北戰爭」，「是嗎，居然是南斯拉夫貴族之後」。

深明之後，還得好好工作，維持生計，待後人說一句：「呵，是嗎，曾祖是——」

聰明嗎

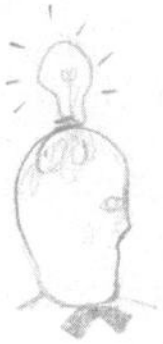

英劍橋大學法律系新生入學試有一道問題：「你覺得自己聰明嗎？」

聰明？當然不。經驗所得：最笨的人才會以為他人愚魯。

都活着，都有那麼些歲數，可見他不比她笨，她也不見得比他聰明，各展所能，尋求生活。

聰明不代表在學校學習迅速，拿到好分數，聰明是在學識中練得做人道理，將來在社會知道進退。

在香港生活那些日子，放眼看去，都是聰明外露之人，心急、毛躁，一站出來就要爭名奪利，自立山頭，一言堂，差些沒喊口號：順我者昌，逆我者亡。

十多廿年很快過去，口號變得酸溜，每況愈下，生活都不周全了，仍恃一點聰明，仍說個不停。

華人叮囑：財不可露眼，聰明也一樣。考生或可說：民族性東西有別，華人說大智若愚，大勇若怯，不隨便說話挑釁，不隨便動刀動槍，孫子兵法：站在河邊，稍候一會，便能看到敵人逐個浮過。

上一代與下一代

憤怒青年大叫：「你們怎麼對得起下一代?!」

聽了，倒不是生氣，不過想拍拍他肩膀，「小兄弟，你怎樣對得起上一代。」

看他，細皮白肉，頭髮理最時髦式樣，近視鏡相當名貴，身上背囊衣褲均是流行貨色，大叫大鬧發洩完畢，想必回家吃晚飯，統統由上一代照應付款。喂，你不好好讀書，將來做社會有用的一分子，怎麼對得起上一代。

更不用說到令堂千辛萬苦十月懷胎，出生不多久，已着手找學校，一日三餐，小心翼翼，把閣下當精英培育，不是希望你光宗耀祖，而是希望你成年後日子過得順暢。

許多家長年輕時每人擔起兩三份勞苦工作，毫無怨言，不計得失，當年社會制度並不完善，甚少福利，亦喫盡苦頭捱下來，一邊還得照應嘮叨的祖輩，這個都會的上一代是優秀的一代。

氣話沒有好話，即使上一代有不是，也難不倒真漢子，將相原無本，憑自家爭氣努力。

T恤牛仔

C先生當政時曾如此忠告：「衣莎貝，你寫T恤牛仔褲就好。」嗚呼噫唏，他的意思是：以你的才能，就不必嘗試高一級的題目了。

So, here I go again，最新款牛仔褲，真叫人大開眼界，歡喜到極點。

那根本是一條運動拉褲，橡筋束腰褲頭；牛仔褲相貌是印上去的，包括皺紋、貓鬚、補釘、破洞、油漬、皮帶扣、鋼釘、口袋，全部是假的fool the eye，印刷精美，顏色深淺條條不同，故此售價昂貴。

遠看近看，完全是一條瀟灑牛仔褲，但，它不是真的，故此柔軟、舒適，可穿着睡覺、作業、上街，妙不可言。

這種新發明，造福人群，屬於裝假狗最高境界。

那一代小的們通常有點機智，曉得把尊輩的忠告收藏口袋，慢慢取出咀嚼學用，不比今日，總有一些「三個月寫贏你」新手。輸贏已是另外一回事，牌品如此差，吃相那樣難看，焉能持久。

看清楚一點，仔細聽，慢慢做，所有港籍人士，都已經夠幸運，餘者，看牛仔褲的了，哈哈哈。

Pimp my name

文友對於她名字滿天飛偶有煩言：根本不認得那些人，一輩子也沒見過面，為什麼黑字白紙寫我與他深夜煮酒聊天／一起地中海裸泳／爭奪一個專欄位置／妒忌他的際遇……

可有說閣下打劫銀行、非禮小童、虐待貓狗？沒有就好，專欄作者可能不知不覺或有知有覺得罪人，從前，也喜歡寫——、——與——，以為熱鬧，卻叫那名字不高興，見面，搖頭擺手，「不要寫不要寫」，或是耳語、噤聲，怕專欄作者聽悉。有見及此，當頭棒喝，全改過來，信不過的名字，免提，還有，與友人説，大部份專欄朝生暮死，並非皇榜，不要緊張。

借別人名字重量，當然有好處，但遲早這包袱會壓壞人，當然，曹雪芹、魯迅、金庸這些是例外，已成國家產業，像泰山、黃河、戈壁，人人得以名之，説是去過天山摘雪蓮，一定無人抗議反對。

曾聽説一人揚言與鄧小平下過圍棋，堪稱魔幻現實手法。

倦勤齋

乾隆有一個願望：做六十年皇帝也夠辛苦，可以退休，他築一個小書房，叫倦勤齋，結果一天也沒住過，十分諷刺。

荒廢二百多年的門柵一推開，叫人吃驚，處處頹垣敗瓦、蛛絲灰塵密佈，沒有顏色，也無光線，啊，陋室空空，當年笏滿床。

好幾組修復人員要將書室還原，這工程何等浩大，事涉考古、美術、木工、織匠數百人，到處採購當年材料，皇天不負苦心人，終於在三年後完工。

觀眾一看記錄片，又大吃一驚，只見書齋牆壁天花板地下全部空間每一寸都花團錦簇，密密麻麻裝飾，屋頂上是郎世寧畫的紫藤架，牆上糊着宮外風景圖，織錦座墊上還要繡花，雕花屏風上鑲玉珮，眼花繚亂，件件精品，堆一起，卻無美感。

這許多民脂民膏民心民力，只為着一個老頭！一朝比一朝腐敗，輪到慈禧手中，終於吃洋人大虧。

也好，叫老百姓看到當年窮奢極侈糜爛。一幅織錦要四個工人兩上兩下操作，如此奴役，寧願穿牛仔布。

悲歌

避廣告轉台，聽到一個小子幽怨聲音：「陪伴着我，那已是我所需……」心想，又一首bunny, wunny love song，然而，他接着唱：「那不是愛，清晰易見，可是親愛的，陪伴我，那已是我所需……」

感動，怔住。

他悲哀地完全知道自己在做什麼，那麼年輕已洞悉世情，真愛難覓，或者，根本沒有那回事，在實在孤苦之際，懇求身邊人多陪他一會。不，不會有任何誤會、纏擾、憧憬，只是哀泣賜予多一些溫存，已經心滿意足。

把要求降低又再低，到了「如果不能與你愛的人在一起，那麼，愛與你在一起的人」地步，還得知足常樂。

還以為這一代年輕人已不懂低吟纏綿，三合土森林，鐵石心腸，驀然聽到如是傾訴，不禁黯然，電子工具再進步，惆悵還似舊。

稍後，這首歌贏得格林美好幾枚大獎，可見人同此心。歌手森史密夫說：「這是我失戀之作。」

啊如此公開，天才圖靈需等到廿一世紀才獲女皇平反，王爾德呢。

標語

滿街遊行團體，這裏不想對他們的要求傾訴置評，不過，一眼看去，道具太多，標語太亂，實在可予改進。

標語最好簡潔、明瞭，一個字起，五個字止，法國運動「我是查理」是最佳例子，用一式設計同一尺碼白紙板，寫英語及本國文字，上了國際新聞，全世界人看懂。

要求加薪，一個「加」字已夠，毋須寫滿滿，如前後出師表，電視新聞閃過，一兩秒時間，哪裏看得清楚。

又不必捧飯碗筷子作道具，敲鑼打鼓作勢，一邊走一邊笑談，遊行是逼不得已的群體控訴，已走到最後一步，心情悲忿，並非逛街消遣。

整整齊齊，穿同色上衣，這是運動員穿制服的原因：一隊人，齊心、齊力，衣飾雜亂，咦，你屬於哪一隊？

年前溫埠環保仔抗議林木公司過度砍伐，用一架大貨車，把載滿滿牛糞傾卸在他們開會酒店大門口，一言不發離去。

邋遢

不管老少高矮肥瘦，活人總得照顧自身外形，盡量做到乾淨得體。其實十分簡單，身體與衣物天天勤力洗刷，辟除異味，頭髮理好，牙齒補妥，誠意生活。

名畫家梵高生前只賣出一幅畫，後代美術研究員表示，倒不是曲高和寡，而是連他兄弟提奧都嫌他外表邋遢。

據說，他極少梳洗，衣衫襤褸，發出臭味，並且，牙齒發黑，身患傳染惡疾，人們看到他都害怕，根本不願與他談生意如舉辦畫展之類，惡性循環，梵高一日比一日潦倒。

在羅浮宮第一次看到「麥田烏鴉」真跡，先是一怔，然後忍不住退後一步，隔了一百年，高氏畫作仍然透露無限悲愴絕望灰暗逼力，想當代人士必不願將它掛在客廳。

人生在世，沒有誰比誰更幸福快樂，各有各難處，各有各得失，命運無法改變，外表收拾得乾淨些總還做得到。

別辜負太陽每日升起，可愛蔚藍地球忙碌自轉公轉。

日子不好過

章子怡宣佈婚訊，記者感慨：「子怡這十六年不好過。」

誰的這十六年又好過了，都一樣啦，普通人也得逐日捱過，前輩們喜歡為來生打算，故此今世謹慎言行，今日社會，世道艱難，友儕們都說：但願今天沒有奇奇怪怪的事發生，已經很好，過一日算一日。

瑣事如學校忽召家長對話，洗衣機轟一聲壞掉，鄰居小狗吠足三個小時……

大事像家人或自身病痛，長輩辭世，工作上挫折，都得一一捱過。

還有更可怕的像天災人禍戰爭，一艘難民船下沉數百人喪生，都叫人食不下嚥。

應付得麻木，捧頭掩臉，吁出一口氣，從頭來過，也有點經驗了，不能控制的事也只得任他去。還有，切記罵不還口，打不還手，決不報復，精力時間用來生活。

事後想起，多數評曰「世上竟有此無聊荒謬之事」，也都熬過去了。

天天都沉着應付，一晃十六年。

側線情

金庸寫愛情，主線遠遠沒有側線動人。

奇怪可是，楊過與小龍女的愛情，等足十六年，看過也算了，是否蕩氣回腸，讀者反應不一，可是，可是，楊過與郭襄的情誼，叫人掩卷三嘆，感動至深。

大哥哥的法力，在與郭襄祝壽那回，盡顯神威，讀得眉飛色舞，郭襄含蓄傾慕之情，令人黯然神傷。

比主線高超十倍。

後來，郭襄終身不嫁，遠遠祝福楊過，沒有開始，也沒有結局，也並非暗戀。似楊過這般敏感聰明的人，若不知郭襄心懷，是不可能的事，然而，兩個人都表現得如此得體，真傷心可是。

類此側線，每部金著都可以找到。

主線是否全部乏味，倒也不是，令狐沖在竹林療傷初遇任盈盈，把她當婆婆，盡訴心中情，多麼動人，讀者一邊淒涼，一邊莞爾。

黑字白紙，怎能這麼動人，不可思議，每過一陣，便抽時間重讀。

為什麼？學習呀。

同一句話

什麼都是一句話，有好聽與難聽，其實是同一回事，禮貌一些，凡事留一線。

像染頭髮叫做顏色，報紙廣告上常有Preowned汽車出售——從前曾經有過主人，那即是二手車了。

這種比較漂亮的形容手法不知由誰創新，真是天才，進一步，有視聽障礙這種比較善意稱呼，似潤滑劑一樣，婉轉一些。

一次，某先生說：「本市的教育制度不適合小兒，他下學期將赴澳洲升學。」

大家面面相覷，那麼傳統的教育制度，有何不妥，半晌，才明白過來，原來是他令郎沒考上中學。

眾所周知，文學作品即缺乏銷路，友誼小姐頭三名無望，氣質好即不甚漂亮，屋寬不如心寬等於一直住小公寓。

筆耕難聽？爬格子更加揶揄，還有人謙曰做手作，為什麼不乾脆說是從事寫作呢。

要詆毀一件事一個人，何患無辭，去到最盡，叫文字獄。

明日邊緣

有一齣乙級科幻片，叫《明日邊緣》，戲本身平平，沒有驚喜，說一個異能太空戰士，每次死亡，必定重生，而且重複生前那日每一件事。

看到這裏，觀眾已經要痛哭，這不是揶揄眾生嗎：每日睡醒，又做與昨日一模一樣的瑣事：叫孩子起床上學，忙着梳洗上班，見同一班人，幹相同的事……

真令人沮喪可是，不得不做，而且要做得妥當，否則無以為繼。

戰士到底是戰士，他想這樣窩囊重複因循，真不是辦法，於是，他努力更改命運，每次活轉，他都多做一些，設法改進情節。

電影到底是電影，他成功了，但當女伴問：「你是誰？」他忍不住苦笑，這句話，觀眾與他，都重複聽了三十次。

凡是會問：「今天星期幾」，便屬明日邊緣症候，切勿掉以輕心。

昨日，今日，明日，都得分清楚，每早閱報，先看日子，切勿糊塗。

人講的話

魯豫訪問梁家輝：「戲份與片酬，哪一樣重要？」

梁家輝不徐不疾，不加思索答：「片酬，我需照顧家人，賺到錢，才可以談其他。」他是指衣食足方可知榮辱。

「啊，假如角色很爛呢。」

他回答：「盡量做好本份，設法提升那個角色，並且，希望藉此，提高整組工作人員生氣。」

主持與現場觀眾不由得肅然起敬。

多久沒聽到人講的話！

實實在在，無花無假，成熟勇敢地，講出事實，絕不誤導。天曉得餓瘪肚皮，連累妻兒還談什麼藝術。

最後主持佩服地説：「由一個已經名成利就的演員説出這一番話，尤其難能可貴。」

梁家輝最好的角色是哪一個？

在港台製作《香江歲月》第一輯裏演那富家子小青年，白襯衫卡其褲，蹲石級，小喇叭吹奏Sleepy lagoon，多麼憂鬱動人，之後，再也沒見過那般氣質。

真沒想到一個男演員可以表裏如一。

「會好轉否」「不」

小友父親辭世，痛不欲生，哭得聲音沙啞。

這樣勸他：「此乃人類命運，人人如此，無可避免，請節哀順變。」

「好像活不下去」，「……」，「日子過去，會好過一點否」，不想瞞他，實話實說：「永遠不會」，「嗄?!」驚嚇過度，不再說話。

原先以為十年之後，會得淡忘，不行，又寄望廿年，總算接受事實，確認孤兒身份，可是仍然淒苦，只覺內心某處彷彿被一隻手掏空。以後，再高興的事也笑不出來，看別人慶祝，老是想，為什麼要那樣快活。

面子上當然不做出來，照樣生活工作，團團轉，忙這忙那，準備過年過節，不知多麼起勁，因為這是人類命運，無可避免。

友人說，冬去春來，小鳥在身後爭鳴，她會忍不住回頭問：「媽，是你嗎，是你叫我？」她必定有一個十分溫柔的母親，並且，母女關係良好。

即使生前與她相處有欠融洽，偶然，在最不經意時刻，會想起她用心低頭吃飯的樣子，心如刀割。

喜歡、擅長、賺錢

同文說，選一份工作，要看是否喜歡，或是擅長，當然，薪酬如果高得不能拒絕，不擅長可以學習，不喜歡亦能接受。

說得真好可是，如果這三個重要條件都告缺，那麼，不做也罷。

人類天生不喜工作，任何高興有趣的事，變為職位，便興致索然，失去味道，像寫作，本來無比自由清高愉快，但一旦成為職業，何等吃苦。文化界人事複雜，酬勞偏低，中文出版的版權法則始終未能妥善解決，不過要是真正喜愛創作，其他苦處都可以克服。

至於酬勞，友人要求加薪，上頭説：「甲與乙，丙與丁，都比你低薪」，友人不能控制情緒失態，丟下一句：「You pay peanuts, you get monkeys」，拂袖而去。

至於擅長，大抵指有點天份，做得好，群眾欣賞擁戴，高人一等，那麼神采飛揚，長做長有。

華人最擅長把不喜歡做的事做得成績斐然，聽過許多高材生説：「我不喜醫科／商管／法律，但父母所囑，不得不讀。」

大衛王

聖經裏的詩篇，都是大衛王的禱告，大衛王少年因用彈石殺死巨人哥利亞成名，他是偉大智慧所羅門王的父親。大衛英明之餘有相當陰暗一面，至大罪行是覬覦手下妻子美色，竟把手下差遣到遠方參戰以致殉職，將美女佔為己有。如此惡行，良知當然過不去，故此禱告中充滿悔恨內疚，像「我敵人眾多，且痛痛的恨我」，叫讀者莞爾。

詩篇最著名是第二十三篇，開頭是「耶和華是我牧者，我必不致缺乏，祂使我躺臥在青草地上，領我到可安息水邊」，到最後，不住感恩，頌謝上主並沒有離棄他；「在我敵人面前，你為我擺設筵席」（多麼威風），「你用油膏了我的頭」（永遠受到庇祐），「你使我的福杯滿溢」（超過他所想所求），句子生動簡潔，實在是好文章。

但大衛仍然受到災劫，他與美女所生的兒子押沙龍英俊但忤逆，意圖篡位，被軍隊追到樹林，他美麗的長鬈髮被樹枝鈎住，不能脫身，遭到殺害，大衛傷心欲絕，他的報應終於來臨。

這故事比莎翁的《王子復仇記》更為精彩，聖經舊約諸人充滿妒、欲、怒、嗔，煞是驚人。

愛情小說

其實，所有愛情小說，都是童話故事。

像奧斯汀《傲慢與偏見》一書，情節簡直如神話，伊莉莎伯與達賽的誤會全部可以冰釋，他打救她全家，默默出力出錢，事事做到體貼周到，終於贏得她的芳心。

比灰姑娘還要完美結局，因此令得女讀者神馳，至今仍然暢銷：至少有伊莉莎伯班納小姐成功例子，大家可以繼續做夢。

還有著名張愛玲小說《傾城之戀》，你不是真相信范柳原會在芸芸美少女中偏偏挑選白流蘇吧，讀者早已為情節深深吸引，范氏把流蘇自萬丈深淵的生活苦海中打救出來，就差那麼一點點，流蘇就無以為繼，是他教她揚眉吐氣，開始新生，（「你們以為我完了嗎，還早着呢」）真是傳奇，童話中的童話。

愛情小說中，女主角一定可以找到更高更強的男伴，以後愉快地生活到老。都會童話更加沒有悲劇，大家都明白到死了是白死，活下去，做得更好，才是正經。

你要去羅浮宮

美術館裏看到兩個美少女，走得很近審視一幅梵高，戀戀不已，也不顧是否擋着別人視線。這是可以原諒的事，我也曾經在某年某日如此凝視名畫，以致管理員走近説：「小姐，你的呼吸霧氣會影響畫作。」

隨口問：「美術生？」她倆點頭，「UBC？」她倆又點頭。

忽然人之患，「你們應當去羅浮宮。」她倆頷首。

然後，去大都會博物館、大英博物館、外雙溪故宮博物館，以及烏菲茲……把所有畫冊裏名作揪出與真跡核對一番，走得很近，看天才的筆觸，心嚮往之，想走入畫家世界，或是退避三舍，驚駭莫名，便是最佳報酬。

一家三口，唯一共同趣味便是「可要在週末看梵高」，或者商量何時鼓起勇氣往羅浮宮。

某年炎夏往台北，被父親嘮叨「計程車來回外雙溪不便宜，來來去去是一些瓶瓶罐罐」，還有一幅清明上河圖。

待天下太平點時動身，可是，天下永遠不會太平，吾生卻有涯。

最愛是誰

甲年輕時感情衝動，一夜駕保時捷跑車撞到天橋上，幸虧輕傷，乙狠狠教訓他：「死掉無所謂，斷了兩腿你就知道，第一個星期，那些損友衰友圍住你痛哭，第二個星期，到病房的人少卻一半，到了第三第四個星期，人跡全無，各管各去了，留下你，抱着斷腿過下半世。」

講得真好可是，由此可知，最愛你的，不是與你月夜共泛萊茵河，一百枝玫瑰花在巴黎鐵塔上燭光晚餐的人，更不是贈送鑽飾房產那個，而是陪閣下看病那人。

即使是注射感冒針藥，也不是一件愉快的事，特地出車，掛號，輪候，整個診所都是愁眉苦臉的病人，咳咳咳，多麼無趣，到看畢醫生，打道回府，已筋疲力盡。

更不用說是較為嚴重的症候了。

這是一宗苦差，俗云久病無孝子，一些極細碎病痛，足以妨礙生活。

誰陪你來回診所，出門與回家之際，都應鞠躬，說聲「勞駕，謝謝。」

問卷

有一簡單天真問卷，可以測試到人的心理。

像「你認為真正的快樂是怎樣的」，成年人哪裏會得快樂，真是奇怪的問題。

還有「你覺得最大成就是什麼」，嗄，不是仍然活着嗎，無辜辜被扔到人世，身不由己，歷劫紅塵，走過八百里荊棘路……

「你最崇拜什麼人」，十八歲之前有——、——、——。

「你最希望有什麼天賦」，化險為夷、趨吉避凶的本領。

「你最大缺點是什麼」，疲懶。

「最大優點是什麼」，欠奉。

其實總結是：你怎樣看自己。

閱讀不少答案，都中規中矩，愉快樂觀，沒有難為問卷。

像「你認為最低痛苦是什麼」，竟沒有人答家用電器報銷、漏水、停電……

答卷人因從事文藝工作，生活十分抽象，不食人間煙火，叫長戚戚凡人羨慕。

喂，什麼時候，讓普通人例如家庭主婦或小白領也參與這套問卷。

與海豚談話

一日，收到國家地理雜誌，主題是「與海豚談話」，呆視標題半晌，忽然生氣。

多年來該雜誌都着重崇高至宇宙的題目，與現實與時間脱節，去到天際。

為什麼要與海豚互通心意，人類甚至無法與子女、配偶及其他族裔交流，為什麼要研究十萬光年以外英仙座某超新星是否爆炸，而地球許多城市沒有藍天白雲。

氣得想流淚，把書摔到地上，不再閱讀，夢也好做醒了。

這麼些年，被蒙了去，各種昆蟲的複眼多麼奇妙干普通人什麼事，老花、近視、白內障，脆弱視網膜、視線神經一壞，頓時一片黑，協助傷者邁步的機器複雜笨重如起重機，自閉症孩子永遠生活在黑暗中……

不讀五千年前馬耶少女為何死亡，沒有如此對現實不滿，看到教授與博士生蹲泥地研究屎蟑螂才不勝感慨。

該讀物屬於少年，他們相信人力勝天，世界美好。

最重要的

英電視台節目：本國最重要三十座建築物，頭五名並不是華麗的皇宮，或是宏偉教堂，英人對「最重要」另有看法。

第五，是猶太屋，上兩個世紀，特設種族隔離處囚禁猶太裔罪犯，英人懊悔此舉甚，一直覺得後來納粹集中營因此興起，一直引以為鑑。

第四，煤礦工人休息處，一間破舊木屋，設備簡陋，板床板櫈，但有大水桶洗澡，紀念工人辛勞。

第三：牛頓的家，當年劍橋鬧瘟疫，牛頓返家避難，一日，他看到洗碗盆內日照下七彩肥皂泡，噫，日光並非白色！科學邁出大步。

第二：格拉斯哥歷史工廠，當地一善翁同情露宿者，把他們安置在空屋，但，也得幹活，悄悄引入紡織機，就這樣，該埠竟成為一個大型織造及外銷港。

第一：拉脫瑪屋，二次大戰，該處是英情報總部，德戰犯囚於此，竊聽器錄到重要情報，令戰爭早日結束。

英人的價值觀，一直與眾不同。

一朝被蛇咬

友人門外，一左一右，置兩棵漂亮羅漢松，一向相安無事，最近，卻為宵小盜走。

損失不大，但是壞人走得那麼近大門，相當危險，舉止純熟，把不易偷走的東西神不知鬼不覺搬走，屋主驚嚇非同小可。

即時加強防盜系統，走近屋宇私人範圍，警報即響，探照燈四射，好不緊張。

小題大做？不，不，不是屋主，不知害怕，他說，從此失卻安全感，不知何時何刻有人在一旁偷窺、纏擾，打的是何種主意。

一年過去，仍然心驚肉跳，每次回家開門鎖，東張西望，以防萬一。

那，不如搬家吧。

「不甘心。」

這種無法報仇的事越快解決越好，沒有什麼值不值得，是他錯不是你錯之類，速速消除負能量。

一朝被蛇咬，終身怕繩索，還有，任何惹眼東西，勿擺門外，像華裔人家過年張燈結彩，掛大紅燈籠。

Aggie

批評成名多年、成績有目共睹的寫作人是極之開心的一件事：你管你享譽，評論員天威莫測，各幹各的。

阿嘉泰姬斯蒂是英國國寶之一，她的作品，可不見得顆顆都是寶石，其中東方號快車與尼羅河謀殺案那真是一等一沒話說，其中又摻和人性哀樂情仇，讀者掩卷三嘆。

在英國乘火車，動輒三五小時，不看阿姬的小說，還能做什麼，看着就挑出毛病來，像書名不夠刺激，殺人多用毒藥，兇案在一個固定環境內發生，一間古屋、一艘船、一列火車，兇手就在眼前，待派洛先生或瑪波女士不慌不忙揪出。又這般疑兇無比聽話，在沒有拘捕令兼無律師在場，一一招供，他們當然不是為仇恨就是要爭產，通常是讀者最不起眼那名，不過看熟了，也不難猜到。

為什麼迄今受讀者推崇，許是情感問題，普羅大眾在火車站選兩本，去的時間看《老鼠陷阱》，返的時候看《控方證人》，漸漸成為伴侶。

——多承你，

伴我月夕共花朝。

熨衣

衣衫總是熨過比較好看，穿上起勁些，活潑整齊，舒坦活着的樣子，挺起胸膛，莫辜負美好陽光，藍天白雲。

從前，熨斗是一塊烙鐵，用炭火傳熱，熱力不甚平均，不好用，後來，發明電力熨斗，連長髮都可以放在熨衣板上壓平。

最近，發明小型蒸汽熨斗，像一隻吹風機，衣服掛架子上，不必拿下，對着噴蒸氣，它的妙處是並不把衣料纖維壓平，只是吹鬆，看上去特別自然，與時下流行的隨意輕鬆便服十分相配。

衣料也有進步，百分之九十七棉紗中添三個巴仙伸縮性纖維，衣物不會太皺，處處為顧客設想，生活越來越舒適。

那，牛仔褲還熨不熨呢，少年人嗤之以鼻，穿丹寧還熨，連洗都不用洗。

那是他們，各歸各，多年來不論在何處居住，都仍然備着熨斗。

為什麼迄今着意這些眉絲細眼的瑣事？皆因無才可去補蒼天，枉入紅塵若許年，不做這些，還做什麼。

工廠妹

畫家安地華荷的傳奇裏，有一個叫伊迪賽德烈的女子，特別可憐。

伊迪是富家女，她祖父是升降機發明人，不愁衣食，當年華荷的畫室叫工廠，她備受寵愛，被暱稱工廠妹，Factory Girl，六十年代，打扮前衛：短髮，粗眼線、迷你裙，名模徐姿的造型，自她處學來。

本來相安無事，各取所需，可是，一日，伊迪遇見卜狄倫，並且愛上他，狄倫對工廠妹說：「你留戀那偽藝術家幹什麼，快跟我走。」

但是伊迪躊躇，勉強留下，如此三心兩意，激怒華荷，自此冷待，並且找來一大堆女孩，人人作工廠妹打扮，諷刺有加。

伊迪終於離開工廠，把所有壞習慣帶着一起走，沉迷毒海，終身不振。

她浪得虛名，並無任何作品，後來進出戒毒所，好似戒除毒癮，但終於又再沉淪，也活到四十。

她曾是工廠之花，華荷到處帶着她走，名氣十分之大。

忍不住想，假使伊迪跟卜狄倫一起，會得快樂否，大抵不，沒有實質，去何處均是死路。

Move

此字一般作行動、步驟解，另一個意思，是感動。

文字、音樂、圖畫、電影，如要把眾人自真實世界搬往另一個境界，因之受感動，是多麼大能耐，偏偏許多文藝創作高手做得到，偉大吧。

像馬蒂斯的紅室靜物圖，凝視一會，竟想走入，坐下，拿起大花流蘇披肩，搭膝上，聽到馬先生問：「要一杯契安蒂嗎」，境界奇妙。

又閱《紅樓夢》，讀至傷懷、氣忿、緊張、無奈，文字牽着情緒遊走，不能自主，不想釋卷。

華裔聆聽梁祝小提琴協奏曲，到了樓台會時段，小提琴分明就是英台在細說身不由己因由，中提琴是山伯好事成灰申訴，能不叫人潸然淚下。

在建築雜誌上看到法蘭蓋利設計的巴黎ＬＶ博物館，心嚮往之，「去，一起到現場參觀。」

心腸練得再硬，在靜悄悄下午，獨處，讀一章書，聽一首曲，亦會有共鳴，引起感應，不用偽裝，真是享受。

若果作品不能感動讀者／觀眾／聽眾，他們一直木無表情端坐一角，那還有什麼意思。

賣麵者言

賣麵者摸不着頭腦，如此說：「本店賣的是牛肉麵，貨真價實，地方衛生，食客要就光顧，要就不，最簡單不過，為何那麼多閒言閒語。」

問題在生意過得去，指摘漸多：「店主不是好老闆，刻薄伙計」，從沒在麵店打工的人也煩言嘖嘖，「店主從不祭祖」，挑剔的人也不是他祖宗，稀奇之至，還有「一個錢字看的太重」，喂，他有問你借嗎，你會借給他嗎。

不過是一家麵檔，不愛吃，可到別家吃咖喱、用茶點，說不定可以學到大道理大智慧，何必浪費時間在麵店外指指點點浪費時間。

消費者地位最高，一家店如果待客傲慢，招待不周，或是貨物不經用，立刻往別家是正經，那麼多選擇，待他自動淘汰結業好了。

商業社會競爭何等激烈，真的在食肆吃出蟑螂，又或味道霉爛，可即時知會食環處，如只是口味不合，去別家吧。

沒有緣份，留不住閣下，奈何。

公訴

有什麼事，最好不要同記者講，他不是告解神父，全無責任保守秘密，一五一十說出，切勿怪他加油加醋，拍手慶幸得到熱鬧題材。

傳媒不會主持公道，施捨同情，或發財錢，篇幅有限，報紙朝生暮死，週刊放一個星期，之後，又輪到別人。

可是申訴人放到枱面說過的話，造成無可彌補永久創傷，回不了頭，對方顏面不存，再無顧忌。

凡事都並非全沒可能，只能用溫功慢慢來，世事如演皮影戲，好歹別撕破那層紙。

說那麼多，大抵不是為一個吻，或是一次擁抱，必有所圖，是什麼，都十分明白，也不用拆穿。

舊上海有種惡丐，到店家討錢，先取出尖刀，往大腿插兩下，血淋淋，店主害怕，只得打發他走。

又東洋明治維新，廢除幕府及武士制度，眾武士無以維生，沿途乞討，威脅切腹，屋主不勝其煩，要切就切吧，讓武士下不了台，只得犧牲。

切勿威脅、訴苦、勒榨，再嚕嚇下去，公眾快要同情當初那罪人。

幾乎天堂

每個人的天堂不一樣。

有人認為天堂要有美女好酒，一些女士們認為全世界名牌集中在一條街上，那才叫天堂。

幼兒要瘋玩及冰淇淋天堂，名利也是天堂。

華人號稱：「上有天堂，下有蘇杭」，語氣豪邁，地方略為擠逼。

加國卑詩省有一個去處，叫托芬奴，它不在溫哥華市，是，加國面積是世界第二大，除卻多埠與溫埠，還有其他好去處。托芬奴只有五百人口，夏季約有五千遊客，大半是滑浪者。

它位置在溫哥華島上，西向太平洋，遊客可乘海陸兩用小型飛機來回。不喜歡孤寂的人也許會詫異：噫，不就是一個大海嗎。

喜愛不一樣，很難勉強。夜晚，抬頭看星，沒有天空，全是銀光閃閃密麻繁星，真的，不要計較太多了吧。

凌晨，裹羽絨大衣瑟縮漫步沙灘，或可看到遠處鯨魚噴水，旅遊雜誌說：「不是美國，不是加國，幾乎天堂。」

做王妃

飛上枝頭做鳳凰。

身為王妃，當然是皇室重要人物，未來皇位承繼人的母親，像英國皇室，說什麼仍算豪門，儲妃有穿不完的華服，戴不盡的珠寶，住不盡的堡壘，身份矜貴之極，只需規規矩矩做人，無憂榮華富貴。

與小友說起，她卻說：「只羨慕王妃一個好處」，那是什麼，出街毋用帶手袋？

「不，」小友答：「她不必替子女找學校。」

啊！

由此可知，這件事是多麼辛酸慘烈，家長壓力是何等嚴峻，只要不必在小學中學門前排隊輪籌，烈日下到處奔波，力逼子女拔尖，廢寢忘餐，自三歲進幼稚園到廿二歲大學畢業，半條人命，如果可以免捱此劫，拿珠寶華廈來換，也是值得。

真的，皇阿瑪們從來不必為公主王子讀書問題煩惱，他們幾乎全部不喜學習，家長也不加勉勵，皇室從無大學士或大科學家，他們是全球唯二不必擔心學業的一小撮人，唯一，就是亞馬遜叢林內的侏儒族。

昔與今

馬雲說：「昔日對我愛理不理，今日唯恐高攀不起。」

男性自尊心強，對世人這種態度特別敏感。

什麼叫愛理不理？那就是，對方用唔呀唉聲音敷衍，還有，雙目不正眼直視，或繼續喝茶，或摔牌，或一邊講電話、讀文件，好讓對方知難而退。

每一個人，在某一段時間，一定曾經遭遇如此冷待。

還不是有求於人，光是站着，已經被一些人看不起，真有點沒齒難忘可是。

不必生氣，也不必特別爭氣給任何人看，雙眼看前方，做好本份就是，不過，切記保持距離，以後，也不必見那些人了。

馬雲是馬雲，揚眉吐氣之後，發覺同一撮人爭相追着他拍馬屁，當然沒好氣。

普通人更得莊敬自強，榮辱不驚，照常過日子，該七點起床，絕不賴到八點，努力維持自尊。

吹捧拍人士十分被動，又得天天留意局勢，才能高拜低踩，一些人一輩子的事業，也就是那樣，永不高升。

奧薩育

真沒想到在動輒五百萬公頃保育地的國家，會有這樣可愛小角落。

它在加國卑詩省南端，叫奧薩育，這樣奇怪名字，自然來自原住民，是哥倫布的謬誤，才叫他們印第安人，這人一心想去印度，每到一處都以為是目的地：紅印度、西印度，全球是印度。

奧薩育氣溫全國最高，夏季往往到攝氏四十度，少雨，適合種葡萄；雖熱，但濕度低，藍天白雲，皮膚一下子連眉毛曬成金棕色，遊客會訝異說：「這簡直是地中海！」

一望無際葡萄園，空氣中散發特殊芬芳，這氣候，可否種鮮紅簕杜鵑，還有，問一問園工，能否移植美麗的鳳凰木。

對來自炎熱亞熱帶的移民來說，熱浪也是迴思。

太陽傘下所試的酒全是美酒，人口稀落，夜不閉戶。

對家人說：「好好待我，否則，搬家奧薩育。」

他們笑嘻嘻，「但是，沒有《明報周刊》呢。」

聖殤

遊客到梵蒂岡，第一件事便是往聖彼得大教堂觀賞米開蘭基羅的大理石雕像「聖殤」，真人大小，聖母抱耶穌在膝，垂目無言，哀傷之情，叫觀者退後一步，感動震撼。

聖母面目年輕娟秀，一般說法，那是因為米氏生母年輕病故，他記憶中的母親，永遠年輕。

但最近有一組學者說法不一樣。

他們認為，米氏雕像中並非聖母，乃是抹大拉的瑪利亞，wow。

自文藝復興，任何研究，必須先提問舉證，最後證實，避免胡言亂語。

該組人員提證，自宮中找出米氏其他「聖殤」雕塑，不下十來座，有些完成，有些只做了一半，女像擁抱已無生命跡象男像，四肢糾纏，異常親暱，身邊還有小小愛神像，很多肢體接觸已為教會鑿毀，石像收進隱密處。

而展出之聖殤像，因為實在太過優美，故此放教堂入口五百年。

這一說必然引起教眾不滿。

可否純當藝術品欣賞，不要再追究了。

Exhume

這個字有點可怕，在偵探劇中偶然出現，那叫起棺檢驗，探員覺得案情有新線索，舊時判斷有可疑，故此，向法官申請該項建議，並且，必須獲得家人同意，因為，騷擾到死者，屬大不敬。為着伸張正義，非不得已，不會批出文件。

當然，只有文明國家才會如此做，蘇聯在史太林時代，最流行鞭屍，那是大大摧毀已過身政敵的名譽，死了也不放過。

多恨一個人，他已經不在世上，無仇可報，好話、壞話統統應在活着之際說個夠，華裔的智慧，死者為大。

有時看到專欄上「某某走好」之類消息，走，走到何處去，閣下於他在生時可有撥冗帶着一包橙探望請安。

都什麼時候了，還來這一套，讓那人RIP好不好。

列一張名單，全部活人，誰「大家高估他的才華，低估他的心計」，誰「近日越發精神渙散」，誰「去了何處」。

無謂起棺檢驗。

Really

美雜誌訪問多人，問他們的座右銘是什麼，答案十分心靈雞湯：「夢想要大」，「我體重超性感」、「享受這一刻」、「做你愛做的事」……

只有歌星愛倫娜莫莉薩說：「Really?」妙不可言吧，比起「who cares」更為溫和有趣，這個字，可作「是嗎」，「真的」、「有這樣的事」，「肯定？」等諸多解釋，比不作答好一些，但應一聲不表示真聽入耳，或是在乎。

用途非常廣泛，幾乎每個不想認真回答的問題，都可以用「Really」應酬。

像「你那麼聰明」，是嗎，「你不近人情」，肯定？「你與某、某，與某的關係可否說來一聽」，有這種事？

不要緊張，切勿動氣，無論人家說什麼，都可輕描淡寫用一個字應對，毋須長篇大論解釋、申辯，靜靜待對方額露青筋、引經據典，演講四十五分鐘，客氣地說聲真有此事？

其實是不作答最好，但有時人在社交場所，身不由己，此字已是最佳應答。

那麼，可否完全免卻所謂社交？當然可以。

奇言共賞

「書展已成散貨場」

資本主義社會，處處是散貨場：超級市場、所有店舖、樓宇銷售處……博物館也得賣門券，出門一定經禮品店，莫不想貨如輪轉、套現、賺利錮。

「不要怕看難懂的文字」

！那等於說不要怕吃沙子飯，不要怕穿小鞋，有此必要嗎，讀一本書而已，誰會得道飛升，為什麼叫讀者吃苦。

「出版社不靠暢銷書」

那麼，是否靠賣不掉的書呢。

「做得想自殺的編輯」

請速速轉行，犯不着如此捱苦，吃碗面切忌反碗底，忍無可忍，請重新再忍。

「出版社的資源都叫某些作者霸佔」

出版社會如此無知愚昧，叫不良之徒矇了去，出版社不懂精打細算，燈油火蠟，平衡收支，並且，要付昂貴租金，出糧給伙計，出版社簡直變三歲孩童了。

出版社與寫作人之間彼此互利，是一盤生意，因為大家都生活在真實的世界裏，李白不交電費，也馬上被切電。

新視野號

新視野號傳回信號，看清冥王星。

美宇航總署耗資七億元建成的探索器在二零零六年起航，至二零一五年飛至最接近冥王星一萬二千公里處掠過，傳回該行星及其衛星卡戎有史以來最清晰照片。

冥王星已被降級，它體積還不及地球衛星月亮大，太陽系九大行星此刻已少了一顆，該矮行星在太陽系邊際，飛離它之後，時速近五萬公里的新視野號將飛出太陽系，往宇宙探索，它由一具核能電池推

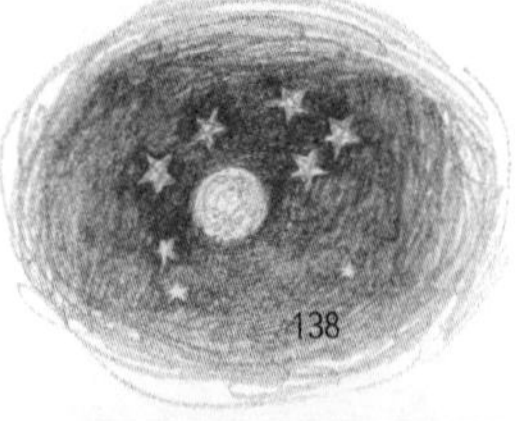

動。

這大抵是美國花費最超值的七億元。

一直想，多麼寂寞，太空沒有空氣，並無物質傳播聲音，如流星只靜靜劃過天空，不發一言，每秒鐘飛八千里。

航天器生命結束，墮落無極天際解體，也無聲無息，它們擁有最奇特的遭遇，引起科幻作者無窮想像。

那樣淒清遙遠漫長航程，試想，假使有一名駕駛員，他會怎樣寫他的日記。

最適合悲愴欲絕的失戀人，還沒有抹乾淚水，已經飛離木星與土星，絕對返不回傷心地。

幼吾幼

幾位家長坐一起談到下一代的刁鑽。

「小公寓房子，明知不保值，也得為他們準備，選學校或辦公室附近，免伊們舟車勞動，他們卻還不感恩，動輒『我要獨立，勿干涉我』，統共沒想到每月內每天都得準時去一個地方工作報到是何等吃力。」

「一定要用電動車，環保，堅持選鐵斯拉牌子，那車比平治還貴。」

「結交一些奇奇怪怪網上朋友，他們說一句比父母講十句還管用。」

「整天喊累，我們年輕時打兩份工都不敢吭聲，記得廿多歲時每日下午會得發燒，醫生與老闆都懷疑我生肺病，逼我驗血。」

「電視電腦衣服鞋襪隨手送給『更有需要』的人……」

這時忽然有人問：「閣下可有助養宣明會真正有需要兒童。」

「有，有，共兩名女孩，一個在洪都拉斯，另一個在危地馬拉。」

那就好，那就好。

最艱辛

移民心態各不一樣，最多人覺得淒清，「這些相識同以前朋友差得遠，還有，生活太過簡約，人人笑嘻嘻，不大計較……」山明水秀地大物博，那是無話可說，但日子久了，難免有雖洵美卻非吾土感覺。

最出乎意料的是：學校功課恁地艱深，老師竟然這樣嚴格，只得25%學生升大學，只有15%四年內大學畢業。

一直以為中港星三地學子最痛苦，家長與孩子都在嚴謹教育制度鐵蹄下苟且偷生，而北美學生只需瞄瞄黑板寫幾行字，便可升級。

誰知他們時興活學活用，事事要學生本人做研究，且要配圖，救命，這種研究報告可大可小，大到極點便叫博士論文，小學雞，做報告像：「鮭魚的一生」，「如何節約用水」，印象最深的還有「加國政府架構」，「埃及何種發明最重要」，沒有教科書，家長與學生一起發掘，這時，互聯網發揮至大光芒。

中學有一題「什麼叫茶黨，它的起源與結局如何」，還要做着色圖表，細述十三州因此獨立成為美利堅合眾國。

科學功課有「分析去氧核糖核酸」，「達爾文理論是否可靠」，「人類進軍太空歷史」，迄今還記得背化學元素表。

數學更學至微積分，沒齒難忘。

划算

其實，鞠躬、低頭、道歉，是最最划算的事，過往一切，都可以暫時擱下，然後，籌備賠償，改過自新，從頭開始。

且看德國人，做得多好。派政府最高層叩頭，認錯，流淚，接着的行動妙不可言，竟與納粹劃清界限：他們是萬惡戰犯，德人全是良民，納粹所作所為，德人亦深惡痛絕，以後，納粹標誌決不能在公眾地方出現，以示徹底。

諸國公祭大屠殺，德國一直派代表出席，跟着大步走，姿勢這樣周到，不，不能忘記，但是為大局着想，也不能發作。

日本安倍想法完全不同，各國苦勸：閣下試着道歉，並不難做，別累着街坊，他卻變本加厲，糾眾挑釁。最佳伙伴竟是美利堅合眾國，這是二次大戰在廣島與長崎丟原子彈的敵國，今日竟成盟友，此事滑稽突兀：日本難道忘記宣佈投降之後，東京仍被炸為火海，為何認賊作父。

新戰艦再命名出雲號，這隻戰艦，最終在二次大戰被美人擊沉，難道想再來一次？

是否會命三菱重工重新趕製二號戰機？那是神風突擊隊及轟炸珍珠港的戰機。

親與仇

一些週刊喜數名人過去，畫一個圖表：女星若在十八歲加入娛樂圈，今年廿八歲，過去十年，疑同什麼什麼人來往，一一列明清算，嘿，搜底、抹黑，是看家本領。

為什麼這樣做，當然是因為討好若干讀者趣味，真正覺得無聊，應該不買不看不談，否則，怎麼都算從犯。

女演員說：「真沒想到，興奮附和、摩拳擦掌等看好戲的，竟是所謂朋友。」

文友的瑣事又被掀出，大家已見怪不怪，可是一個朋友立即致電：「看到沒有，哎呀，寫得真怪」，當事人處之泰然，「沒看到」，「嗄，我都剪下，我傳給你看！」

還有更有趣的姻親，把雜誌珍藏，待聚餐時，施施然，笑嘻嘻取出，還特地把該頁角落摺一下，方便打開尋閱，「你看過這篇報道沒有」，真叫人難為情，不，是替該位熱心的親戚臉紅。

俗云莫叫親者痛仇者快，這倒是人情之常，不宜計較，令人駭笑的是，一貫以為是親者的人忽然露出原形，啊，原來是你。

垃圾

加國嚴格實施環保，垃圾必須分類，以便循環再用，每家都有六隻垃圾桶：廚餘、紙張、顏色紙張、錫罐、玻璃瓶，有毒物質如電池更要遞往特別站頭。

還有，每兩週（？）才倒一次垃圾，惡臭怎麼辦，地庫特置一冰凍櫃，等到那重要一天，才取出放門外，如果要認真處理，根本似一份職業。

有一種暢銷壓縮器，把汽水罐壓扁，方便儲藏回收，本家從來不喝汽水，每罐十茶匙糖，也不知什麼人有這種膽識。

廚餘最可怕，惹來滿街大中小老鼠，許多人說還是生平第一次接觸這種害蟲，一位太太家裏兩件貂皮大衣竟被咬成齏粉，大家幸災樂禍，「這是對穿皮裘的人一種懲罰」。

誰會想到天多陰雨的溫埠夏季要實施三級制水，嚴禁淋草洗車，家家門庭枯黃，加國擁有全球30％的林木與30％淡水，但惜衣才有衣穿，某次經過公園，見一樹椿旁放置一枚大十字架安撫樹木亡靈，當然是環保仔所為。

餐廳吃不完食物全得打包拎走，還有，超市用多一隻膠袋會遭勸告。

屋寬不如心寬

報載美著名影星湯告魯斯別墅出售，圖文並茂，那是納華達山上一座木建山莊，美奐美輪，山景樹林如畫，屋內裝飾品味精緻，光是幾盞鐵芬尼拼花玻璃燈已價值連城。

但是，留不住人，兩任妻子妮歌與凱蒂像逃犯似離開他。

BBC有個節目，叫女皇的堡壘，逐一介紹金碧輝煌皇室居所，著名的戴妃，幾乎全數住過。她放棄全球最矜貴地位，許因屋寬不如心寬。

一年輕女子，住在港島獨一無二、權威象徵的豪宅，不是金錢可以買到，但她對記者投訴，那所山上行宮，對她來說，像監獄一般，這是她真實用字，可見何等厭惡。

屋大是很開心的一件事，尤其與家人齟齬之際，方便避而不見，三天也不必碰頭，但，也許，屋大也不是一切。

與友人閒聊，覺得戴大量巨型鑽飾好看的只有英女皇依莉莎伯二世，不必強求，量力而為。

世上所有物質，功用頗為有限。

移民!英國!

不爭的事實：移民任何地方，生活都不易為。一生移民兩次，一次自滬至港，一次自港到加。

七歲到香港，同時要學粵語及英語，居然還在蘇浙小學學會普通話，仍被父親說成「從未見過如此笨的孩子」，苦頭吃足，沒齒難忘。

又再移民溫埠，都說是個不諳英語亦可通行無阻的美麗城市，然而也無可避免，遭遇許多不習慣瑣事，其中一項竟是女性地位不及香港超卓。

最近，聽説友人終於移居英國，真正嚇一大跳，心內戚戚，不得安樂。

英國！當然，每人條件不一樣，説什麼都較苦學生為高，但是無論荷包多豐厚，那英國天氣灰濛永恆不變，人情疏冷無可進步，一位太太陪女兒往劍橋讀書，三個月未見陽光，住得想自殺，英倫天氣怪在統共沒有夏季，秋冬徘徊攝氏兩度左右，甚少下雪，就是陰濕。

至今想起那刻骨銘心孤苦，百思不得其解，當年為何去得那麼遠那麼久，若想體驗歐洲生活，一個暑假也已足夠，學會什麼？大抵是在圖書館從不出聲，只用紙寫上「去喝杯茶」，靜靜傳給同學。

Alex

新時裝陸劇的服裝、道具、場景，都做得極精緻，男女主角相貌也好，只是年紀總是略大，明明廿歲角色叫三十歲來演，顯得做作。

一回，看投資商行內發生的愛情故事，劇情雷人，恩怨情仇誤會錯摸統統擠逼一起，實景，時時下雨，男女在大雨中渾身淋濕逼尖聲音不斷爭吵，粗心點還以為是台劇。

其中一個小生叫愛萊克斯，「克」音特響，觀眾想，這名字恁地特別，莫非他是少數民族似呼和浩特、烏蘭巴托、珠穆朗瑪。

看到十多集，才恍然大悟，呵，穿繃，露餡，原來是英文名Alex，可見無論如何刻意西化時髦，究竟比起港劇，在這方面還是差了一截。

為着觀摩學習，不得不看到完場，整套劇洋化透頂，絲毫沒有上海特色，像用漂白劑洗過，原本上海這城市，國際聞名，冒險家樂園，十里洋場，無奇不有，是世上最精彩都會，毋須淨化。

港劇，不必人人餐餐喝紅酒，也夠西化，不是形態，而是心態。

快雪時晴帖

王羲之的「快雪時晴帖」，只得二十八個字，其實是一封便條，邀請他的朋友，到家裏欣賞雪景，喝酒聊天。

清乾隆皇帝（又是他），崇拜王氏到極端，他有孩子脾氣，把所有鍾愛文物，攬在一起，放在自家一間叫三希堂書室，天天盯着看。

這幅字，在光緒年間，被不得寵的瑾妃取出變賣，那時，京都的古董商人，不知見過多少稀世珍品。

三希堂內還有另一幅王獻之字帖，亦只得二十二字，上面蓋了超過五十枚硃砂印章：「三希堂精鑑璽」、「御書房鑑賞寶」……還有乾隆親筆讚美：「稀世寶也」，凡夫俗子布衣看去，只認得頭兩個字：「中秋……」

在外國生活，最怕西人拿着草書問：「這說些什麼」，唉，他們不知，草書難明，狂草更只是一堆線條，還有大篆小篆，不是每個華人看得懂，我等所識，不過是報上整齊楷書。

古人把寫字喝茶聽曲這種生活瑣事，昇華到藝術階段，窮其一生，百般鑽研，科技等於零。

Mama, Ash died!

什麼年齡做什麼事，女兒六七歲時看寵物小靈精卡通，忽然放聲痛哭，忙追問何故，她大聲喊：「媽媽，艾許死了，艾許死了！」這艾許是戲裏男主角，即可愛比卡丘的主人，居然被安排死亡，怎麼捨得，不接受安慰，淚如泉湧。

「艾許是主角，艾許不會死，艾許是片集搖錢樹，製片不會讓他死，你放心。」

「不，媽媽，艾許死了。」哭整個下午，直至接着那集，那艾許又活轉主持大局。

欺騙幼兒感情，罪無可恕。

十多年後，忽然看到小靈精新集，那艾許，還好端端活着，不長大，也不長進，笑嘻嘻與配角們鬥法寶，當年，誰要傷心，那是誰的事。

真可惡可是，十足反映這世界真人真事呢。

有經驗明眼人一看，就知道怎麼一回事，所以騙取感情的伎倆，漸漸升至彼思動畫高超水準：Wall-E開場十分鐘，那殘舊機械人寂寥一如梵高般遙望星空，嚮往愛情，翻覆觀看撿回爛影帶，不過是一男一女握手片段……鐵心也為之落淚。

這叫賺人熱淚，賺，即騙。

靠不住

靠不靠得住，真得從頭説起，很多人抱怨誰誰誰靠不住，委屈甚，好似叫人矇了去，平常，誰誰誰，均相貌堂堂，身體紮壯，但，一旦有什麼事要求幫忙，原來靠不住，太叫人失望。

那些誰人，標準身材，大約五呎若干吋高，百餘磅重，那麼，覺得別人靠不住的人，也五呎六七吋，一百三十多磅，一靠上去，人家不勝負荷，怕不就跌倒在地，擦傷頭面，摔破顴骨，從此破相。

你能怪他靠不住嗎，最好是人人設法靠自家雙腿站穩，實在累了，且放下一些身段擔子，往磚牆上靠一回，回過氣，再走，磚牆雖然又冷又硬並無感情，不過，靠得住。

這麼說來，意圖投親靠友之徒，竟有不是之處，世態如此炎涼，令人惻然。

少年之際，老是不明白，舉舉手、投投足便可幫到人，為什麼不行行好，經過時間洗練，終於明白，他們是要保住元氣，不想損耗。

還有，欠債是十分痛苦的事，總有報恩壓力，見到恩人，手足無措，不如說句 I did it all by myself 瀟灑。

媽媽給你買！

一日，進時裝店，見一攤花花綠綠飾物，有個七八歲小女孩看到，驚喜，喊道：「媽媽，媽媽看！」那漂亮年輕的母親即時回答：「是，什麼，媽媽給你買！」

聽在耳內，忽然感動，用普通話搭腔：「真可愛，真豪氣。」少婦不好意思，這樣說：「那是因為家母從來不曾對我這樣說。」

很多人一生之中，都從來沒聽過這樣的話，所以，這一代，對孩子們都盡量慷慨，做得到便做，甚至去到按掉樓宇讓孩子留學。

一件小女孩喜歡的飾物，不過十元八塊，能力做得到，就無謂吝嗇，更不必教訓：人不應追求物質虛榮，外表打扮得多漂亮不及內涵重要之類。

媽媽給你買！多麼豪放，既然不能買回快樂幸福，一隻髮夾總還可以。託生為女子，也不過是那幾年高興，隨後，為人妻當人母，還得外出工作，怎麼還笑得出來。

而且，過了一定歲數，整家店送給她也未必適用。

現在的大人都懂得說：「不要挑便宜貨，選喜歡的東西。」

美國文化

副刊標題：「美國的流行文化……」

但是，美國可能只有一種文化，那便是流行文化，不能盛行暢銷的文化，早遭淘汰，不論何物，均係商品，並無例外，流行最久的品牌像可樂、迪士尼，便是奇葩，成為傳奇。

美人以此驕傲，他們從不崇尚所謂Artsy Fartsy東西，商業社會之祖，資本主義之源，連醫藥都如此……罕見頑疾艱難申請資金研發治療，可是威而鋼是另一件事。

星戰電影系列是美人的藝術，製片魯卡斯是天才，我們的文學是晨曦三部曲、飢餓遊戲、格雷五十道灰色（！），他們的牛頓與達爾文是約伯斯與蓋茲，為了使一盤生意賺錢，著名大學啟發商業管理學系、經濟學系、精算系、會計科，算了又算，無非是要幫公司賺錢。

還有什麼第二種文化。

美國連國防部都賺錢，一艘三十年舊戰艦可以賣百億美元，唯一蝕本貨可能只是宇航署，也不見得，看，地球只有他們將往火星，用以鎮嚇別國。

美國最顯著文化是有己無人，耀武揚威，我行我素，但是，自由、富庶。

最佳訪問

《魯豫有約》是一個目前最佳訪問節目。

它有一個特色，看過三集，觀眾便會發覺獨有之處：不用主持人提問，嘉賓便一五一十，慷慨陳詞，把一生所有大小事宜，激昂地倒水一般傾訴出來。

觀眾駭笑，別的記者要刻薄地擠牙膏逼供，受訪者尚唔、嗳、呀，魯豫這弱不禁風、聲線不強的主持人到底有何能耐？

那些漂亮女演員聲音越來越高，節奏一句比一句快，連平時冷冽的嘉欣都盡訴心中情，一邊要照顧她那字正腔圓的普通話，有時錯一個音，觀眾為之捏一把汗，魯豫沒有什麼插嘴機會，觀眾這才知曉三十年來不知的秘密。

怎樣做到？奇哉怪也。

訪問永遠不笑的男星胡歌與霍建華也如此，出名不喜說話應酬的他們無話不說，現場女觀眾帶齊長短火塞打不停瑟瑟響，主持人不予阻止，從未見過如此熱情場面。

上這個節目要小心呵，不要以為主持不在控制全場，這是獨一無二天賦的魅力。

真正都會故事

內地沒有真正都會劇集及小說，意識尚未改過，他們寫黃土地紅高粱那真是沒話説，唐宋元明清歷史故事確實繪形繪色，但是一到廿一世紀，無論場面多大服裝多華麗，男女主角鼻樑比外國人都高挺，仍然婆媽，失戀會得歇斯底里，女角嬌嗲令觀眾讀者吃不消。

最奇怪是無論上海北京，父母仍擁有極大話事權，長輩要是不高興，子女也不會高興，孝順當然是好事，但血肉如此相連，也太像家春秋了。

真正現代故事中男女，應同真正現代社會中男女一模一樣，成年後，他們都深切悲涼地明白到，一個人，除出自愛，沒有人會愛你，若不自立，便會倒下，至於老闆老友老伴將閣下出賣，那統統是閣下學藝不精，與人無尤，要從頭來過。

好歹來這世界一場，生癌也得盡力醫治，切忌廿二樓一躍而下，都得好好活着。

多麼猙獰！

如此腌臢，還得苦中作樂，設法享受浪漫，誰說現代都會故事容易做。

忽然覺得香港只要做回香港，什麼事都沒有。

尊重意願

此刻，家長要學習「尊重孩子們意願」，這件事，不好做，可算是人生走到中年至大考驗之一，比婚姻與升級還艱難。

舉幾個例子：大律師的女兒並無承繼父親事業，她跑到台上演莎翁的茱麗葉；另一位少女讀到律師資格，卻在健身室教舉重；大機構承繼人，一生致力推廣本市運動，凡是獲獎，多數由該位先生贊助培育；還有，上市公司唯一男丁醉心武術，將全國各派武功詳細記載攝錄出版……

都是有些家當的子弟才可如此任性吧，否則專業文憑傍身，妥當得多。

一位身份特殊女士，一早在上世紀八十年代已到故宮覽閱明朝畫作，她鑽研畫中各款優雅明式家具。

還有年輕富有美女與男友遊歐，整年不返。

羨煞旁人可是，凡夫俗子們，總得先把經濟搞起來，否則，二十、三十、四十均窮風流，臨老過不了世，實在有礙觀瞻。

明知如此，仍尊重那些任性兒今日意願，想想，大人何等艱難。

變幻

一向喜歡動畫，注意它流向，近年，在戲院上演的迪士尼或彼思，因需家長購票帶子女入場，仍然有善惡到頭終有報之類傳統意識，不過也已多次忠告小女孩，世上已沒有白馬王子。

電視播放的卡通片集轉變才驚人，熱門之作像The Simpsons、Family Guy、Futurama，與可憎的South Park均猥瑣不堪，但有一套趣味之作叫「曼蒂」，天天追看。

一日老伴瞄到，「唷，這小女孩為何與一具骷髏骨做朋友，意識危

險」，「那是死神，而且，他們不是朋友關係」，更加吃驚，「那是什麼」，「死神與小女孩打賭，輸了；只得形影不離做她奴隸」「！」

厲害吧，曼蒂圓臉大眼表情嚴峻不苟言笑，一旦笑起，會得發生輕微地震。

如此卡通主角，前所未有，構思新穎。抑或寫實？這一代青少年與兒童營養太好，都老練聰明不像從前，練得一門好功夫叫與大人對着幹。

最近加國立法，不論何處何時，學校或家中，均不准體罰，打手心亦不可。

謝謝

三十四歲那年，倪匡這樣說：「真想不到阿妹晚年還得到婚姻」，啊，他金口一開，果然覺得如此，故此寫了《我的前半生》。

稍後內地開放，秀姐大女李丰拜年，代她子女尊稱姨婆婆，啊，是，是。

接着小女學普通話，一日放學，學得新詞，這樣說：「媽媽，你是老婆婆。」

對，對，半點不錯。

最近，在街上，看到女長者摔倒，幸虧兩名少年奔近扶起，老伴說：「啊，太不小心，這一跤有得苦吃。」忽然想起，「你也是老太，走路要小心，否則後悔莫及。」

你看，不怕虎一般敵人，只怕豬一般親人，仍舊喜穿牛仔褲的我只得說：謝謝，謝謝！

看電視新聞節目，總理見民眾接受問話，一位精神矍鑠腰板筆挺白髮老太站起：「我今年九十二歲——」在場眾人立即齊齊鼓掌，老太耳聰目明，叫人佩服，還有心緒參與社會。

老得那樣，為什麼不呢。

高興得太早

說人家高興得太早，有點刻薄，指將來還不知怎樣呢，酸溜溜，有惡意，似恫嚇，不好聽，像「我知你住何處」，當然不是拜年。

現代都會人，最大特點是不會高興得太早，也不會還在較晚時段高興，而且根本高興不起來，生活壓力太重，搔癢也笑不出，只好說句得意事來，處之以淡，失意事來，處之以忍。

華裔對於高興得太早的人有相當嚴厲評語，像「三分顏色上大紅」，又有「莊閒不分」，「妹仔大過主人婆」之類，其實似說得太早，又怎麼知道人家不會一日振翅高飛呢。

要去到什麼地步才能高興，詩篇第二十三篇一開頭就說：「The Lord is my shepherd, I lack nothing」，那就差不多了，成天要這要那，爭排位，求鋒頭，忙得團團轉，真有礙觀瞻，偏偏近年都會不論男女老幼都爭個不已，希望對牢整排麥克風上新聞片段說話，一定要搶鏡頭。

以後的日子呢，七十歲如此，十七歲也如此，煩躁不安，互相批判，一時興高采烈，一時悲觀如末日。

北極熊泳！

友儕都認為成功移民便是不回流移民，這倒也真實，勝利秘訣是別當自身是客人，照樣吃吃瞓瞓，妥當處理家頭細務，拿起木尺，督導孩子功課，然後說：「有華人超市，真好！」那樣，自在不知時日過，漸漸觀看冰曲棍球時吶喊，還有，萬聖節準備大量糖果，看到世上不公平不和諧現象，會得說：「我們不會那樣」，並且，踴躍投票，發表意見。

但是。

看到加西版《明報》上有關元旦北極熊泳消息中有不少華裔參加，發覺那才叫真正勇敢投入移民！加國嚴冬，冷到尼亞加拉大瀑布會得結冰，溫埠較暖，海水在攝氏八度，相片中有一容貌身段美麗到不行的女士穿性感泳裝踏着海水，一邊揮手一邊微笑，嘩，嘆為觀止，自嘆弗如。

這才叫真正標準移民吧。

小孩們七八歲學會游泳溜冰是因為同學們喜在冰場舉行生日聚會，但成年人也打成一片，那是真心融合。

漂亮養眼女士，已把你美照剪存。

你也一樣

加國夫婦領養一名六七歲獨臂男童，這個男孩天生遺傳缺少左臂，艱難尋獲新家庭。

往飛機場迎接他包括領養者的父親，即孩子新祖父，兩人甫見面，即時產生認同，原來老人也天生缺左臂，小男孩上前，不再羞澀，伸手撫摸祖父斷肘。

報道說，祖孫從此形影不離。

又看到另一則新聞：三歲美女童因癌症切去手臂，父母為她領養三腳小貓作伴，小貓因取暖躲入汽車引擎，遭切斷一前腿，被獸醫救活。

幼女見到小貓腿上有繃帶與釘扣，這樣說：「啊你也一樣」，小貓把爪搭在她手上。

不把別人當不一樣即是包容，報上訪問探試什麼算是grace，那是寬容與歡容。

真難做到可是，迄今，看到七吋高鞋還忍不住嘀咕，還有，頭髮何故染紫色，更何況是其餘大事。

老人院裏時有九十壽星毆打八十老人消息，起源都是因為覺得我尊人卑吧。

珠黃

女士們舉行下午茶會閒談，漸有牢騷。

一人說：「遙想小妹當年，頗有姿色，裙下不乏男友，招呼周到，下雨，衣着時髦漂亮，端坐車上，男友停好車先下，走到車尾廂找到傘，撐起，再到乘客位，拉開門，用傘遮着下車，以防女友淋濕，這種情況，由目睹者日後告知。」

「後來呢。」

「老大嫁作商人婦，現在，他拉開大玻璃門進商廈，忘記身後還有妻子，並不替我拉着門，那扇玻璃門險些把我拍扁。」

另一位說：「我那位天下萬物，都不知放何處，一下子嚷：『你把我外套放往哪裏』、『護照呢』、『醫療證呢』、『鈔票呢』……有一次，這樣說：『給我一支牙籤，要細一點那條。』」

眾人倒吸氣，房中氧氣吸光光。

「這是什麼道理，可是因為人老珠黃，他們不再把我們看在眼裏？」

立刻回答：「不，這是因為他們退休失落以及更年期症候。」

所以，她們都喜歡與我說話。

幸運

讀名人訪問，千言萬語，都不外是述說他本身如何機智靈敏，勤力發奮，幾乎獨力耕妥百畝田，其間，不乏奸人當道，但是天地有正氣，邪不勝正云云，他終於勝出。

那當然是真的，一個人一個故事，成名故事尤其刺激傳奇。

但，在一切奮進掙扎之中，總會有一絲幸運吧。為什麼把絕處逢生一線天般驚險的機與會撥到一邊不提隻字？

人人都會遇到逢凶化吉的良機，把握緊，一下子把頭頭遇着黑的噩運扭轉，這也許就是個人鍥而不捨結果，不過簡單形容，就是運氣。

十七歲那年暑期，在《明報》做見習記者，會考放榜，成績二優二良，噫，可讀預科，即時回轉讀GCE，以致十年後，具資格往英升學，這叫幸運，四年後返港，卻諷刺地認為不能事事碰運氣，找到穩定政府工，獨立分期付款置下小公寓安居。

一次與查先生談到成功人士秘訣：要做得非常好，需非常苦幹，也得非常幸運。

他開頭說，做得好與苦幹已經足夠，想一想，才答：「是，幸運也重要。」

煮字療飢

說得真難聽，一樣一句，「從事寫作」這四個字就不卑不亢，為什麼要形容淒涼到不堪地步，叫人想到古粵語片中男主角面黃肌瘦孤燈下一邊咳嗽一邊爬格子情況……

社會上無論哪一個工種，目的都是為生計，即養家活兒，可以說無人不是煮……療飢，原始人冒生命危險打獵，現代人困辦公室對牢電腦研究數據，目標完全相同。

稿費並不便宜，據說當年魯迅的編輯每次開稿費給他，雙手顫抖，其人把所得酬勞花到何處，費人疑猜。

至於今日，本市的行情，問問——與——與——，也會嚇一跳。前些時候，某富豪欲聘中文秘書，每日上班十二小時，年薪一百萬，大家別轉面孔莞爾。

大報與雜誌老總年薪在廿年前已高達五百萬，這是眾所周知信息，行行出狀元。

而且，也不乏新人入行，筆名稀奇古怪，人家都持之以恆，出書三四十部，還佯裝看不見，不知是哪一方損失。

自重、自愛，是生活態度，事關每一行業。

Show & Tell

小學生課堂有一項學習，叫show & tell，孩子輪流帶一樣東西回校，取出，告訴同學，它們的來龍去脈，像某本祖母留下的小書，暑假自中國北京帶回的紀念品，兄長贏得的球賽獎杯，林林總總，叫同學們眼界大開。

曾借出甲戌本線裝脂批《紅樓夢》冊子給小女，同一日她看到一隻古董老鼠籠。

教過書的人許忘不了這項節目，寫起雜文，不忘首先展示幾張圖片，然後，看官，聽我仔細寫來……當然也添些掌故、細節、意見，但，那不是創意，原先已有人寫了《紅樓夢》，不知多少評述，一按網頁，圖文並茂。

創作是憑空想像，明敏或笨拙不要緊，大可長遠歷練，大師法蘭蓋利的魚型建築並不漂亮，到了標堡美術館，叫觀眾拜服。

寫小說最屬原創，切忌臨摹，show的是作者本身想象力，tell的獨力思考得來故事。

寫過小說的人，泰半不願再寫影評、訪問、劇本、翻譯……一切有資料在先的文字。

這是真的。

履歷

最近看到靖弟學術履歷，一大串，像滑稽電影裏誇張名片，一鬆手掉下，像手風琴摺疊：「新加坡國立大學機械工程教授，系主任，院長，兩個博士學位，國際生產工程科學院首任華人主席，美國製造工程院金獎、國內三間大學顧問教授，以及兩間大學訪問教授，實驗室研究包括病原機器人，注塑膜設計等等……」

先知在本家不吃香，笑得我。

他說：「你寫什麼，我一看即知，我寫什麼，你不懂得。」一於與他角力：「寫小說沒人懂，那得餓飯，而科學，要是真出名，小孩也懂得$E=MC^2$。」哈！

比起二哥，只需「衛斯理原創人」六個字，履歷已足夠輝煌。

有讀者問可是從小培訓，不，兄弟全是新移民，粵語與英語均苦學得回，從無補習老師，興趣自身培養，何為去跟師傅。

第一路讀上全靠獎學金，第一份收入起便回饋父母，衛兄廿四歲置公寓給爸媽，故此，看到今日軟叭叭少年，只好哈哈笑。

還未說及大哥與三哥呢……

結婚

少女喜歡一名年輕男子，漸行漸密，一年多過去，兩人愉快約會，但男生從不論將來，除卻結伴吃喝玩樂旅行，未曾提及婚嫁。

女方躊躇，「是否女子總老套盼望結婚，開心相處會否已經足夠。」

頂多再投資一年，如果仍然猶疑不決，那麼，靜靜分手，另謀高就，這已不叫約會，這叫蹉跎。

男女雙方的時間都寶貴，報載有對男女，竟拖足十年（！），男方如溫吞水，諸多藉口，他以為男性真的不會老，女方如不毅然提出分手，恐怕會廿週年紀念。

不是每對愛侶都有資格同居一輩子似沙特與狄寶芙娃，凡夫俗子普通人，婚姻制度還是有利策劃將來，同性人士爭取合法婚姻，因為政府社會都提供許多單身人士爭取不到福利。

加國一項法律：同居三年以上，亦可申請對方一半財產，但需要提出若干證據，相當繁瑣，所認識友人中，大多數分手都沒有任何要求。

當初，本着至大誠意註冊結婚，不能持久，無可奈何。一開頭就推諉責任，大抵不是好意。

同居，是最壞選擇。

集資出版

小文友這樣抗議：「書是我寫的，讀者因我名買書，為何只分得10%版權費？」

可是，書本印出來，需先排字、紙張、印刷、訂裝，這些，都不便宜，出版社還要設計封面、校對、付宣傳費。

書本終於出生，擺在眼前，小友難道打算親身揹着往街角擺賣？小販也得領取執照呀。

那就得把製成品交給權威的發行商了，由他們分發到各書店出售。

小友，有些大型書店月租百萬，寸金尺土，面積矜貴，不分佣，成嗎？

七除八扣，原著人拿到10%，已是正經行規，若干年前，有寫作人自資出版一套書，據說放床底下多年，一好心發行商說：「這樣吧，拿來我處，三七分賬」，那作者有點誤會，發行商說：「不，是你三我七。」

是以，寫書難，可是出版更難，印了出來，要讀者青睞更難上加難。

故此，暢銷二字，是這一行至崇高燦爛，餘者，只好當傳世佳作。

書本，一向集資出版，讀者們不集資，怎能出下一冊。

摔一跤

這裏不指心靈雞湯式「在哪裏摔倒，在哪裏爬起」那種摔跤，這裏說肉身真正啪一聲結結棍棍跌在地，輕則一身瘀青，重則哼哼唧唧叫救命，四腳朝天那種。

小孩摔跤，常事，搽些藥膏，貼塊膠布，從頭來過；青年，三兩天沒事，可興高采烈告訴親友，如何刺激自腳踏車滾下或給球友撞得七葷八素。

中年很快到來，呵，足踝竟骨裂，要進急症室打石膏，半年動彈不得，苦頭吃足，從此傷了心，出入穿綁腿。

長者云：跌一跤，老十年，最忌跌倒在地。不如用手杖吧，在互聯網上尋找英製古董銀冠手杖，還記得希臘神話中那獅身人面獸打的謎語嗎，歲月當然沒饒過任何人。

路，必定要走下去，注意鞋子：平底、防滑，特別設計鞋墊，都是恩物，近年款式也美觀，球鞋型最瀟灑。

也該考慮浴室特別防滑裝置像特長扶手與塑膠地氈等了。

哭

韓劇角色比較克制，就算哭，也只是默默流淚：年輕漂亮的女角接到傷心消息，呆片刻，雙眼發紅，然後抬頭，繼續在電腦上找資料工作，觀眾感動，惻然。

港劇哭得比較厲害，也不會含蓄，勝在有停的時候，哭的理由也還充份，尚可接受。

最可怕的陸劇，每集都有戲的女主角，竟從頭哭到尾，歇斯底里，自家哭到辦公室、娛樂場所、街上，終於大雨中趴在路邊，流淚滿面，一邊哀求「對不起、對不起」。

觀眾只好說：還不起來，你也有阿媽生，為何做得如此折墮，吃不消。

童角也哭，那些長得似大人的小女孩，動輒嘴一扁，使性子哭起來，真有點討厭，編劇們統共忘記，要使觀眾感動，毋須灑淚。

京劇中青衣哭泣，不過以袖遮面，抽噎數聲，台下已經傷心之極，抽象藝術境界高超。

誰沒有怨苦，哭，管用嗎。

大假

長長暑假，孩子們做些甚麼才好。

請看溫埠節目：CSI兒童夏令營，為期一至三日，每日五十元，由警察博物館主辦，為孩子們提供刺激犯罪現場調查體驗，讓小偵探用科學方法展開調查，根據線索破案，警官親自教學。

嘩，成年人也想參加，致電查詢，負責人笑答：「學額有限，對不起。」

還有雜技夏令營，費用三百，探索騎獨輪車、跳蹦床、做人體金字塔，課程結束舉辦匯演，向家長表演學習成果，你可曾希望跟馬戲班走路？這是好機會。

還有縫紉、烹飪、水上活動、野外探險、潛水、海洋生物、科技、各種語言，全部所費無幾。

最貴的是在英屬哥倫比亞大學預習，八千元，還不包食宿，也每年客滿，學生們頻呼值得。

近年校務署考慮建議停放暑假，繼續學業，也是好辦法，每年那麼長假期，放來作甚，浪費時間嘛。

對罵

打筆仗當然也是對罵。

最莫名其妙的是魯迅，他的對手，今日看來，有些根本不知是啥人，他當時也努力與之爭辯，不可思議的是他寫得明明白白：最討厭一個人，不是把他痛斥一頓，而是當他透明，但講時容易做時難，他還是忍不住拍案而起。

一次，韓寒遭行家非議，他年輕氣盛，也逐點駁斥，有評論員說：「以韓寒今日之名氣地位，實在不必應對，社會地位差那麼遠，有什麼好說的呢，一方經歷，另一方根本不能明白。」

不過，維持緘默也得付出代價，一定有人加一句：「他還敢說什麼。」

也有心地不大好的人，找一個爛頭蟀出來，由他主罵，對方沉不住氣回嘴，那就與爛腳同位，若不出聲，更像怕了打手，國際紛爭，也有國家扮打蟀。

挑釁者當然希望得到回應，可是另一方大抵比他有名氣有成績，實在沒有空間寫大字報，他要工作，他趕稿還來不及，不能奉陪。

不要浪費寶貴時間，你寫得更好，不就行了。

藥

《藥》這篇小說，清晰演繹文字震撼可以去到何種威力：讀者會想躲到一個黑暗角落抱頭痛哭。

故事開頭，說一個平凡母親，她的獨子患肺病，聽說，有一偏方，用饅頭蘸人血吃下，可以復元，於是她向獄卒打探可能性，果然，有一死囚，第二天就要殺頭，那母親第二早順利取得人血饅頭回家。

與獄卒交易期間，她聽到他們對話，一人說：「……可憐——」另一人答：「是可憐，年紀輕輕，即將送命」，「嘿！」原先那人說：

「他說是我們可憐，他說這國土根本全是我們的」，「啊，瘋了瘋了」……

那兒子吃了另一個兒子的血，病情並無好轉，墳地上，兩個母親遇上。

讀者渾身寒毛豎起，少年時第一次看這個故事，驚嚇非同小可。

那說「可憐」的青年，身份是什麼，從頭到尾，未見提及，諸人物亦無姓名，作者說得明明白白，最淒涼的，是他們母親。篇名叫《藥》，什麼樣的藥？治肺病，一早已有特效藥，另一種病呢。

香檳記

其實，不一定要大小香檳區的汽酒才值得喝，只要是葡萄汽酒，已經夠美味，而且萬能，加入冰淇淋，或灑半匙羹在蛋糕上邊，用餅乾蘸來吃，注入西瓜……當然，還有淨飲，開心時喝半瓶，惆悵時喝另外那半瓶。

汽酒瓶子形狀美觀，抱着它，說什麼都帶些文人氣息。

帶氣泡飲料看着都有開心感覺，形容詞effervescent一字，指冒泡、愉快與興奮，所謂美得冒泡，就是這意思。

在酒莊，遇一位女士，也在選香檳，好奇問道：「是與海鮮一齊吃？」她回答：「在生蠔上加一匙，提升鮮味」，「那麼，魚生也行？」「海膽最佳」，看，三人行，必有我師焉。

最近超級市場出現一種小型打氣機，橘子水加氣，有點像從前綠寶味道，其味無窮。

有種小瓶子汽酒，打開蓋子，放進吸管，不知多方便，像喝汽水，不似酒徒。

什麼叫喝得厲害？每日定期三杯以上，並且，不喝的時候，會得想它。

單一鏡頭

一齣電影，只得一個鏡頭可打AAA，行嗎，當然可以，觀眾並非不近人情，觀眾眼睛雪亮，好鏡頭就是好鏡頭。

有一套戲，別名可叫「黃包車競走」，非常熱鬧，打鬥連場，人物眾多，繽紛到目不暇給，可是觀眾並不關心，其中一個瘋丐角色，照說，可以完全刪除，以圖完整。

到近完場，用旁白交代，這原本是富家子的乞丐之所以淪落江湖，是因為他愛上父親的小妾，結果，父親被他氣死，那女子自盡殞命。

臨終之前，倒在街頭的乞丐忽然看到至愛倩影站在台階之上，觀眾想：又來了，誰知鏡頭緩緩推近，那女子面貌漸漸清晰，終於一個中鏡停下。

叫人屏息：嘉欣！是嘉欣，秀美悲愴沉默雪白鵝蛋臉攝人心魂，啊，是，瘋丐這角色應當存在，管這二人與戲有無關係，但看這一場沒有對白的戲，已經值回票價。

不是每個人的美貌都如此震撼，而且那是不再計較的絕望一切茫然的哀愁，正確表達無遺，叫觀眾惻然。

下台

自由選舉一人一票，加國前總理被一面倒選票放棄，政客縱有百般不是，他斯文道別，這樣說：「選舉結果不如我黨預期，由我，我一人負責。」即時宣佈下台。

一個選民這樣說：「我投票不是因為對將來抱希望，而是對目前失望。」

因失望，故此把舊人推走，不管對手何人，決定投給他，以免舊人繼續執政。

是次投票，票站排長龍，需延時收工，已知有異動，東岸海洋省份因時差首先點票，自由黨全部獲勝，已知民心大勢。

女性對投票權特別珍惜，上世紀靠先鋒犧牲性命自由換取，焉可輕視。

因是秘密投票，也毋須知會任何人，家人在內，套句老話，確是神聖一票。

新總理年輕豪邁，走向更多自由，他是天主教徒，可是一早揚言「凡是反對墮胎人士不必進我自由黨」。

沒隔多久，英揆因主張留歐失敗，即時站在唐寧街十號門前，宣佈辭職。

這上台與下台，都需要至高民主與勇氣。

衆人負卿

戲劇中悲劇女主角霍小玉指着負心人説，你如斯薄幸，我這樣薄命，遂吐血而亡。

今日，在週刊上，也不止一次看到類此連載，一期又一期，數過去三四十年，誰誰誰，甲乙丙，愛皮西，統統對他不起，全體不是好人，恩恩怨怨之中，都是別人不夠善良。廿一世紀了，有話直説，逐一批判，某年某月某日，誰給他看了一次臉色，或是白眼，均不放過。

此類自白書中又夾雜大量精彩照片，名人名地作襯景，希望博讀者青睞。

今日呢。

借寶貴篇幅出盡一口污氣之後，有何打算，有甚搞作？

過去即是過去，誰沒看過白眼，誰沒有吃過西北風，一位編輯忠告說：「都幾十年的事，不要再寫了。」真是金石良言。

女星出版兩吋厚自傳，裏邊全不提她生命中最重要男子，不着邊際說些趣事，正應當如此。

真正大導演胡金銓生前說：「你們寫作人請記住，勿寫自白書，那一定不會罵自己，必然控訴別人，沒意思。」

雙面

一名少年在家相當聽話，家長接到老師投訴不服，班主任說：「他在課室不是你想像那樣。」家長震驚。

是，他不如你想像那樣，有人認識他較深，但怎樣講出來呢，當然是吃過他虧才會認清這人真面目，但拆穿又有什麼益處。他生性豪邁豁達不拘小節？不不不，不是你想像那樣，與他走得近的人知道他陰險深沉，是名郎中，不像？你只看到他的表面工夫與生活形象，各有各緣法，你真幸運。

後悔當初同那人走得太近，都怪目光太淺白可是，不要緊，速速疏遠，不幸見面，少說為上，也不要把詳情告訴他人，以免得到更大侮辱及報復。

若忍不住氣，張揚一二，會得到下述反應：你這人，終身悲觀，酸溜溜，目光所及，全都不是好人，世界有你想像中那般慘澹乎。

有，還要更灰，日久會否水落石出，也不一定。可聽過「賣柑者言」故事，那小販賣出次貨，還振振有詞，在今日，包管叫人扔磚頭。

人家敗絮其中，那是人家的事，沒理由成為閣下賣爛柑的原委。

空巢

子女離家升學，或是找到工作搬出獨住，或是結婚，這時父母的家，叫做空巢。

友人想到屋裏靜悄悄，不再有孩子進出喧嘩熱鬧，傷心得流淚，這叫做空巢症候。

才怪。

那是斯德哥爾摩症候才真，當年在瑞典首都，有一群人，被兇徒擄走關起，隔一段長日子才被警方救出，那群俘虜，竟幫兇徒說話，不承認被虐待。

做父母的大抵也如此，自幼兒出生，便淪為奴隸，事事以主人為重，失去生活、自由、主見，疲於奔命，捱了十多廿年，負責衣食住行零花，以及各種荒謬需求。好了，主人成年，獨立去了，喂，閣下恢復自由，終於可以遊山玩水啦，這些人，竟患起空巢症，可憐可笑。

被綁架的人重獲自由，竟懷念過去受控制日子。

還有人說退休後不知幹什麼才好，真奇怪，到美術館坐着盯住莫奈的蓮花池細看呀。

快對那些忤逆兒說：如要見面，必須預約。

不感動，可以嗎

友人說：兒子進幼稚園頭一天，她忍不住感動流淚，真是慈母，當心下一句。

稍後，入讀小學中學，又覺子女邁進里程碑，心頭暖呼呼，喜極而泣。

統共忘記這是他們應該做的事，人人如此，做得好，沒獎，做不好，該罰。

還有大學畢業禮上，父母開心得送花送毛毛熊，捧住文憑，一家人

合照，笑逐顏開，統共忘記自家奉獻及犧牲的金錢時間精力，做出成績，不是理所當然嗎。

想到伊們求學時期任性放肆，臭髒衣物一籮籮帶回，開口「我要——」只能微笑：好了，殘酷真實世界在等你們呢，讓你們也嚐嚐不錄取、不升級，被辭退、不被欣賞的滋味。

前些年，友人長子畢業，鄭重邀請觀禮，可是，推辭說：「自家的畢業禮也避席，文憑從英國寄往台北」，試後，第二天就逃走，努力找工作。

這點，是像家母吧，她一直沒搞清楚子女讀的是何科何目，身為虔誠教徒的她遺憾地說：「又不是讀神學。」

無寶不落

每年七月書展，寫作界特別忙碌，不眠不休趕作業，出版社也重點出擊，忙得不可開交，努力發掘書源，趁人潮湧湧，做一筆生意。連平時十分離地，與人間煙火毫無聯繫的作者，也出席講座宣傳新作。

報上有專欄的作者，更蜂擁自我宣傳，甚至節錄新書片段，目的當然要想獲得讀者青睞。

這尤其不恰當，專欄不是私人廣告篇幅，要宣傳，最好與廣告部聯絡，詢問價格，建議廣告部在書展前不如開發一版「新書簡介」頁分尺寸出售，任由出版社或作者按能力購買版面，作為正規宣傳。

專欄也不是極速約會，什麼某年某月某時在某座見面，只差沒「出門按3字」。專欄，全年到頭，是讀者希望讀到一些共鳴文字之處，這一行一向為人所輕，不自重，何人重之？

書展是個辦得相當漂亮的嘉年華會，暑假好去處，但每個行業都得維持某一程度自尊，否則無寶不落的鳳凰，全變成麻雀，一些平時心高氣傲的作者，每逢書展，為何忽然希望作品流行。

演技

新人，往往演技不足生硬，可是，也有太努力太奮進的時候，像凱琳與香香，模樣是可愛得不得了，照亮熒幕，再爛的戲也看得下去，如果可以稍微收斂面部表情及身體語言，當可加分。

像眼睛已經那麼大，就不用故意瞪着溜來溜去；嘴唇豐滿，不用時刻嘟起，讓面部肌肉多休息，別繃緊爭着搶鏡；四肢最好靜一些，無謂手舞足蹈。

再不明白什麼叫無聲勝有聲，那麼，把章子怡的《一代宗師》拿來細細看十遍，研究什麼叫做萬念俱灰，悲哀去到最深處，她傷後服用鴉片煙，言語慢半拍，頭似抬不起。還有周迅的《紅高粱》，她發覺生母在眼前吊死，只是驀然轉身，一頭撞上木門。

是，各劇觀眾層次不同，也不必擔心新人會學得十足變成曲高和寡，但得到三兩分精髓，已足夠繼續行走江湖。

還有，嘉欣在戲中只得一個鏡頭，眼睛都沒抬，一寸不動，那震撼感，難道不比爬地上痛哭訴怨更加動人。

表面上毫無動靜，骨子裏每個細胞流血，演技要做到如此才叫進入角色，不再演戲。

靠大邊

電視台旅遊節目中巴黎小商家不住向記者訴苦：「一進門就吐一聲一口痰，吃自助餐用碟子把海鮮掃到自家盤裏，大聲吆喝……」

一次，夜深，遊客群大力敲餐館大門，「喂，快開門做生意，打什麼烊，我們肚子餓」。

另一次，不巧碰到羅浮宮因勞工問題罷工，一名壯漢大聲吼：「生意都不做？應當好好改革制度！」

這些當然，都是陸客。

還有華裔觀光客罵華人店東賣假酒，在街上大打出手。

老遊客看到只覺好笑，啊，倨傲的法人也有今日，Vous avez aujourd'hui Aussi！昔日遊法，不諳說幾句洋涇浜法語那是不行的，不睬你就是不睬你，生意無所謂。

走進聖打諾里小書店：「有小王子嗎」，「啊，你是日本人」？「不，華人」。

此一時也彼一時也，這時，能不去歐洲就別去，人山人海，每到一站，擠一堆拍照，然後，購物，吃飽。不過，真要去，得往上海報名，加入大堆頭旅行團，直飛巴黎，那樣，少受閒氣。

爆石

鄰地建新屋，一早派單張，説明要爆石，需鏟去數百平方米石基，並詳細説明日期、投訴電話、以及種種不良影響。

到了時候，警號嗚嗚響，轟地一聲，驚天動地，住所顫抖，像整間屋子微微跳動一下，厲害。回憶到很多年前，孩提時，在北角官小讀書，每日步行經過後山，也聽到爆石聲，一個男子手攜銅鑼，噹噹敲響，隆然響起，爆出石塊由女工敲碎到彈珠大小，堆成小山，老是駐足觀看。女工穿長袖長褲避日光，戴寬邊有布褶帽子，用一支細長藤杆鎚，利用反彈力，敲碎石子，猜想是三合土材料。

不久，一幢幢高樓大廈建築完工，這是目睹一個城市成長的親身經歷，相信當年有數以萬計移民兒童作為目擊證人。

之後，特別喜歡黃河大合唱中「張老三，我問你，你的家鄉在哪裏」一節，家母教道：「你是江蘇浙江寧波縣人士。」

今日，又聽到爆石聲，討厭嗎，不，不，一點也不覺嘈吵。

小大人

有種兒童，自幼不似小孩，一早已大眼睛尖下巴，拍照，懂得擺姿勢，說起話來，老三老四，頭頭是道，父母叫六歲的他賣弄：「說給阿姨聽『法文雨果先生是名大作家』怎麼講？還有，用英語說『我將來要到劍橋讀狄更斯』。」

孩子一一說出，嘩，字正腔圓，大人自嘆弗如，不敢取出口袋裏的糖果，天才，大抵不吃這些。

物以類聚，子女較憨厚的家長一起傾訴：「小兒六歲不願開口說話，看過醫生，叫聽其自然」，「我那個也學提琴，琴弓用來與同學比劍。」

孩子們，不是該泡泡臉，竟日除卻吃與睡就移動胖小腿追跑摔跤嗎。

童年只得數載，成年歲月，可長達一個世紀，讓伊們一無所知懵懂做小人不好嗎。

所有孩子，一日全部長大，坐在一個暗角落工作，用一天最好時光，一生最佳歲月，賺取月薪，真正的天才少之又少，庸碌之前，至少做過一個凡事哈哈大笑的真正幼兒。

還有，留前門後，以便節省力氣做中學功課「論雨果與狄更斯小說的社會意義」。

啥叫寫作人

學生問文學教授：「什麼叫寫作人。」

教授答：「你若早上起來，第一件想做的事，便是寫作，那你便是寫作人。」

第一件事。

一早，多少年輕人梳洗後便出門趕車上班。

家庭主婦第一件事便是叫孩子們起床吃早餐收拾書包上學。

新媽媽第一件事是探視嬰兒。

退休人士最舒服，愛幾時起床都行還不算享受，最高境界是喝完茶讀完報紙，忽然打個呵欠，再補一覺，南面王不易。

但，一個人有非做不可的事，一睜眼就跳起做，也值得高興。

你看戀愛中人，無間斷要聽到對方聲音見到那人的影子，電話貼在耳邊講到睡熟，第二早出門，又去該人樓下靜候。

喜歡，就不累。

不喜歡，看着就累死。

一種嗜好，過些日子，總會淡卻，專注，也是個性特點，有時，至死不渝。

青蓮色大衣

滬人口中的青蓮色，其實是一種淡紫，但淡得十分明艷，老遠就看到，通常染成綢緞，縫旗袍最奪目。

不穿耀眼彩色的人，當然不會選青蓮色，嘗笑各聚會中永遠有一兩位女士爭穿大紅，務必引人注意。

一日，走進時裝店，正好看到一件青蓮色呢大衣，嘩，好看。立刻買下給女兒，但已知她未必欣賞。

加國少年衣着十分樸素，常年布衫布褲，冬天加一件泡泡外套，伊們認為鮮艷色彩屬於中老年女士。

但是，不爭氣的少年如我，十七八歲，一直希望有淡藍、乳白、蜜黃色大衣，為什麼？因為蠢鈍、愚昧、淺薄，老覺得人要衣裝，或可提升身份。

直至最近，進化到一種無聊智慧：噫穿青蓮色大衣也不表示人不聰明呀。

如此戀戀紅塵，再自修二十載也不管用。

可悲。

千萬不可

美競選下屆總統，這個奇怪的國家放着千瘡百孔民生問題不顧，二人只顧在論壇上互相人身攻擊，去到極為低級無聊地步，全世界訕笑，他們自家記者慘呼：「這是七八年級辯論會水準！」

兩位均已七老八十，臃腫、化濃妝，聲勢洶洶，表示對國家還有貢獻，挺胸發誓，表示有心有力。

終於，男競選人缺乏經驗，被記者痛斥：「他不該抱怨哀鳴，控訴對方拍攝宣傳影片惡意攻擊，說什麼他原本也可以同她算舊賬，但他人格高貴云云，放着恐襲、就業、醫療、種族不和等難題不顧，他竟然為自身訴苦！」

不論在任何情況下，總統競選人與小老百姓，都千萬不可當眾訴苦。

因為，沒有人會要聽，只會惹人討厭，私人恩怨，要不官了，要不私了，報不到仇，就維持沉默，江湖上，死要站着死——會有人佩服嗎，當然不，至少維持些微尊嚴。

但凡男伴為人所奪，老闆偏私、作品失敗……統統是閣下學藝不精，切勿怨天尤人，與其把KKK大祭師也拉上台，不如從頭來過。

報應

某人第二次離婚，第一任妻説：報應。

言重了，報應是害人終害己之類較為嚴重事故的因果，離婚實在是太普通悲劇，據統計百分之五十二夫婦終會分手，按年遞增，無所謂報應，不過是「不可冰釋的歧見」。

夫婦生活和諧，千金難求，若果勉強在一起，那才是報應，阿蘭嫁阿瑞，大家累鬥累，白板對死，天天還得生活一起，慘過離婚許多。

當然不應評論他人家事，但去到某一地步，分開是明智之舉。

一位女演員接受訪問：「天天吵，晚上回房卻睡同一張床，太過荒謬」，為什麼會變成這樣，不是曾經深愛過嗎。衛斯理寫過一個故事，叫《心變》。不是變心，沒有第三者，但心事已經不一樣，可以說忽然看清楚情況：這不是一個可以與之終老的人，環境與條件已經變遷，不想繼續吃苦，決定離去。

對方若不是斯文人，一定條款多多，形同勒榨，叫另一半脫不了身，那樣，只得捨棄一切而退。

離婚痛苦如把蚌肉自蚌殼剝離，但不比不離婚更痛苦。

別吵

「我比誰不會吵架」。

這句話，一定是《石頭記》裏不知哪一名女孩說的。

真是，年輕時一句話往往叫人家三夜睡不着，這是幹什麼呢，不開心的話，走遠一些，避不見面好了，何必教誨他人子弟。

奧巴馬總統說：「當對手往低處走，我們要往高處」，又時時說：「那不是我們，美國人不能那樣。」換句話說：需沉得住氣。喂，英女皇出巡，尚且被一些民眾丟雞蛋，她咕噥：「雞蛋，不是用來做早餐嗎」，並沒有人頭落地。

衛兄覺得不存在網上欺凌這回事，他說：「關掉電腦不就可以了嗎。」根本不打開也是辦法，請專注工作與生活，成年人不必理會他人意見。

我等自幼為口奔馳，從來不希冀得到他人認識、同情及理解，十分倔強，想都沒想過扮演Oliver Twist或是杜十娘。

擅罵人，就是一個擅罵人的人，這是閣下想要的身份嗎。人各有志。

領獎

近年許多場合都喜歡把前輩拉出贈慶，説是致敬，其實，是不要騷擾耆英的好。幹什麼呢，他們好好在家靜修，偏要發明一個獎，讓他上台領取那隻膠杯銻碟，於是白髮蕭蕭老人家穿着不合身西服，搖搖晃晃上台，接受殊榮，面孔像乾棗，説話都不大清楚，還要致謝詞。

有幾個還得坐輪椅，喂，主辦人，早二三十年邀他們領獎好不好。不行，非得古稀才配褒獎，為童叟無欺見證，禿頭的只好戴帽子，笑起來露出牙齒脱落後黑色孔洞。

太惡作劇，要打板子。

不過，周瑜黃蓋，願打願捱，否則，一聲不響推卻出席機會，不是可以了嗎。

各類獎狀眾多，隨便經過彌敦道，一陣風，便吹落十個八個，不小心，一下子砸破頭，終身不領獎，也不是那麼容易的事。

英作家毛姆說：「邀請我入會的地方我不想去，我想進的會所又不邀請我。」

英國那樣虛榮社會，每年也有若干人士推辭ＯＢＥ勳章，記得嗎，大衛寶兒是其中一名。

寫喜歡的事

有一家小品專欄文字，本來寫得自然有趣，是它的讀者，作者寫的，全是伊喜歡的人與事，這是副刊題目最佳選擇：個人目光興趣，與政治版的大是大非，大山大水略不一樣，讀者可吸一口新鮮空氣。

可是隔不多久，也許是人長大了，想法更改，專欄中人與事，忽然變成伊不喜歡題目，落筆漸漸忿氣、不滿、挑剔……讀者若有所失，當然，正如畢加索所說：「女士，藝術不是用來裝飾你的客廳」，有些深度的文字不可能一直愉快如棉花糖。

但是，國際版、港聞版與政論版還不夠痛苦嗎，讀者的心一直沉下，又不得不看，副版，像藍天白雲不是產生調劑作用嗎。

也很替作者擔心，黑暗負能量，只會越來越沉重，往下墜，鑽進黑洞，故此一些上了年紀寫作人開始寫遊戲文字，反璞歸真。

老是寫一些關於自家，或是根本事不關己的陰暗事，像半個世紀之前他人之非，有甚麼益處，社會能因此重審那人的功過嗎，別把自身文字與別人的功過看的太重要，請明白，專欄位置難能可貴。

精明？

老伴把女兒第一份薪水支票用框架鑲起。

「你的第一次稿費呢。」

一直以來，都承認不是一個多愁善感的人，第一份稿費，來自《西點》雜誌，好像是港幣三十餘元，領取當日，便到大丸公司買一件漂亮鑲珠片花邊人造絲的小飛俠圓領襯衫，穿身上。

不知多實際，從那時開始，一手包辦自身生活費用，迄今，從未做過伸手牌，不算闊綽，漸漸量力而為。

「母親，你對收入運用可聰明。」

蠢到不能形容，後悔至今。

老伴連忙說：「我也笨得毫無積蓄。」

至今看到漂亮衣服，雙眼會發亮：這件青蓮色呢大衣必須置給女兒！

人家是雙劍合璧，這裏一家是三傻同氣，貌寢，性愚魯。

阿女進門脱鞋，新鞋進去，出來穿別人的舊鞋，新鞋已為人換走。

還有，住宿舍六年，不知隔鄰是一名英俊的醫科男生。

連衛兄那樣公認聰明的人，今日也自認愚蠢，誰說不是。

存稿

在格子裏打一個交叉，每人所需的時間都一樣，大約是半秒左右，不可能再快，也沒必要更慢。

那麼，一頁稿紙五百格子，就是三百秒左右，急也急不來，更何況是一篇有思路的雜文或是有人物對白情節的小說。

這不是快慢用心與否的問題。

也許，有些作者從不脫稿，是因為把時間運用控制得比較妥善原故？

作者生活中首要之事當然是寫作，大家的敵人都是時間，宜鄭重應付。

業餘者是自家白相，無所謂，興趣來多寫一些，沒心情不寫，可是也不能誤會專業作者寫得特快，或者，人家已修改三次，只不過提前做妥。

年前，一位編輯女士告知此事：新來的妹子打開一格抽屜，發現一大疊存稿，驚問：「什麼人的？」「衣莎貝」，那女孩忽然淚盈於睫。

各位寫作人似乎也可讓編輯方便，過年過節，預先寫一點，散文講究雋永，不用貼緊時事。

廣告

「重陽節多重優惠」

「可享受10％折扣及刮刮卡，再加一次過付款額外5％優惠。」

「48個月免利息供款，預定計劃再獲3％折扣。」

「為客人提供一站式完善服務」

初到貴地，看到類此廣告，駭笑，真想不到可以如此實事求是，平靜誠懇提供福地服務。

根本就是，何必忌諱。

同旅遊、汽車、房產廣告一樣，細述詳情，還有一句「尚餘少量樹園私家花園。」

同衣食住行一樣重要。

加國剛通過安樂死，已有三百人得償所願。所有婚姻合法。大麻合法出售，店堂裏擺滿大小玻璃瓶，可打開蓋子供顧客聞各種氣味。

總理杜魯多是天主教徒，可是他說：「反對墮胎者不必入我自由黨」，他是男子，當然用不到這種服務，他替人着想，這就是尊重。

種族和諧沒有最好，大城罪案數目也少不了，但，就知道你會喜歡溫哥華。

Koo

英哈利王子是查理斯次子，長相特別，退役後專心結交女友，最近警告報館不要騷擾他新愛人，一個美籍小明星，starlet有非裔血統，頗艷，不由得令人想起他皇叔安德魯也曾結交三級艷星，那女子叫Koo史達，因嬰兒時常常可愛咕咕聲得名，彼星標致過此星。

白金漢宮不喜小明星，拆散，安德魯認真憔悴了一陣子，太陽報大肆宣揚。

男性都喜歡妖嬈女，不稀奇，Koo後來嫁倫敦富商，生兒育女，奇是奇在，她自頭到尾，不發一言，並沒有把這段戀情著書立論，賺些外快，她守口如瓶至今。

這點就很值得佩服了，皇子並未錯愛，至於後來娶的妻子費姬，品德甚差，離婚後據說已被拒於宮門以外。

哈利王子經濟情況同皇兄差一大截，一次邀某女友往紐約參加婚禮，要那女孩自費買飛機票，女子大怒，同記者說：「才不去！」

英皇室排名次序，在皇宮露台檢閱群眾時可見，站女王身邊的是威廉一家，餘者連查理斯都擠到一邊。

時間＝金錢

科幻電影中，每個人的財產種在手腕，電子儀器裏，按鈕，可以顯示數字，這也等於該人壽命，錢花光，生命終止，這筆款子可當時間用，能夠自由轉移，因為時間＝金錢＝生命。

人類的生命由時間組成，珍貴無比，所以有寸金寸光陰之說，一般人付出時間，賺取生活，抬頭，已屆中年，眾生皆苦。

首先，花五年積蓄進一步入大學修練，因社會已不信任天才中學生；找到工作，再花五年分期置房產擋風雨，那已經足足十年過去，成為中年。

所以，不要問任何人索取時間與金錢，那是十分殘忍做法，他是每分鐘賺一億的富豪？那更要比普通人花萬倍心血謀取。

電影劇情老套：富家千金窮小子，設法盜取父親巨額財產，呵，富商因是世上最有錢的人，長生不老。

這故事相當反映現實世界，尤其是以下對白：「我昨天才過戶三百萬給他，他怎麼會死」，「他到賭場輸光全部，猝死」。都有這種友人吧。

書名　　杜入紅塵若許年　　作者　亦舒

出版　　天地圖書有限公司
香港皇后大道東109-115號
智群商業中心十五字樓
電話：2528 3671　傳真：2865 2609

香港灣仔莊士敦道三十號地庫／一樓（門市部）
電話：2865 0708　傳真：2861 1541

設計及插圖　Untitled Workshop

印刷　　亨泰印刷有限公司
柴灣利眾街27號德景工業大廈十字樓
電話：2896 3687　傳真：2558 1902

發行　　香港聯合書刊物流有限公司
香港新界大埔汀麗路36號
中華商務印刷大廈3字樓
電話：2150 2100　傳真：2407 3062

出版日期　二〇一九年四月／初版・香港